TOBAKSPLITTER

Von Ingo S. Anders

Buchbeschreibung:

Von der Psychiatrie durch menschliche Abgründe über Transsexualität bis hin zu Kindheitserinnerungen: Durch diese Sammlung kurzer Geschichten zieht sich ein roter Faden. Je mehr man von ihnen liest, desto näher kommt man dem Wesen des Autors. Diese Texte und Fragmente, ob erfunden oder wahr, sind nicht stromlinienförmig, sie sind nicht artig, sondern eigen und auf ihre Art anders.

Splitter für Splitter zeigen sie ein Bild von Ingo S. Anders.

»Das ist harter Tobak!« – Ingos Testleser.

»Ich habe gelacht und geweint.« – Ingos Testleserin.

»Ich bin froh, dass Du Dich entschieden hast, die Texte zu veröffentlichen. Ich bin der Meinung, dass die Welt so was braucht. Gerade jetzt.« – Ingos Lektorin.

»Nichts für schwache Nerven!« – Ingo selbst.

Über den Autor:

Ingo S. Anders – der Name ist Programm. Ingo schreibt anders. Mal hart, mal zart, oft queer, meist kurz. Und immer aus dem Bauch raus.

Mit »Freiwillig schwul werden?« erreichte er beim Berliner Literaturpreis Wortrandale 2020 in der Sparte Queer die Longlist.

In seiner Freizeit singt und tanzt Ingo gern.

TOBAKSPLITTER

Facetten meiner Persönlichkeit

von Ingo S. Anders

Lektorat: Yvonne Powell, www.satzkrobatik.de

Coverdesign: A&K Buchcover, www.akbuchcover.de

Buchsatz: Ingo S. Anders, ingoschreibtanders.blog

Herstellung und Verlag: BoD – Books on Demand, Norderstedt

Bibliografische Information der Deutschen National-bibliothek:
Die Deutsche Nationalbibliothek verzeichnet diese Pub-likation in der Deutschen Nationalbibliografie; detaillier-te bibliografische Daten sind im Internet abrufbar über dnb.dnb.de.

ISBN 978-3-754-35330-1

Gewidmet meinem Vater,
der nach viel zu langem Schweigen und mit
durch moderne Technologie sichtbar gemachten
Knoten im Kopf an Kehlkopfkrebs verstarb,
und
meiner Mutter,
die durch dick und dünn zu mir hält.
Und meinen Freunden, wer auch immer sich
dazuzählen mag.

INHALTSVERZEICHNIS

ERINNERUNGSSPLITTER

Diese Erinnerungssplitter habe ich mir alle einzeln, einen nach dem anderen, vorsichtig aus dem Herzen gezogen, um meinen Schmerz zu lindern. Der eine oder andere mag noch etwas blutig glänzen.

Es fing damit an, dass meine Mutter ungefragt eine Hausaufgabe von mir an unsere Tageszeitung schickte. Verlangt war ein Aufsatz über den Weihnachtsmann, den wir in der dritten Klasse während der Ferien schreiben sollten. Kaum jemand außer mir hatte daran gedacht. Ich hatte voller Leidenschaft über fünf Seiten meines Schreibheftes vollgekritzelt und von Elfen, Rentieren, Wichteln und dem Weihnachtsmann erzählt. Irgendwas hatte ich wohl falsch gemacht, denn die Lehrerin sagte, ich hätte das aus einem Buch abgeschrieben und weigerte sich partout, meine Leistung anzuerkennen. So war es schon gewesen, als ich in der ersten Klasse so flüssig hatte lesen können, dass sie meinte, ich hätte die Geschichte bereits oft genug vorgelesen bekommen, dass ich sie auswendig wüsste. Dabei liegt gerade im Auswendiglernen eine meiner Schwächen, wie sich heute noch in meiner mangelnden Beherrschung des Einmaleins zeigt.

Als ein knappes Jahr später meine Geschichte in der Zeitung gedruckt war, konnte ich nichts damit anfangen. Die Schmach saß zu tief. Erst gut zwanzig Jahre später veröffentlichte ich wieder eine Geschichte in einer Zeitung.

Von beiden besitze ich kein Belegexemplar. Ich konnte mein Schreibtalent viel zu lange nicht wertschätzen, weil ich glaubte, es könne nur gut sein und Lob verdient haben, was Mühe kostet. Deshalb ist es gut möglich, dass ich nun ins andere Extrem verfallen bin und mir mit dieser Zusammenstellung meiner frühen Werke zu wenig Mühe gegeben habe. Wenn ich die Erwartungen niedrig halte, ist es leichter, sie zu übertreffen. Hoffentlich ist es jetzt nicht zu spät, mein Licht unter den Scheffel zu stellen.

Im Übrigen, Mama, bin ich manchmal immer noch stinkwütend, weshalb ich um Nachsicht hinsichtlich möglicherweise durchscheinender Rachegelüste bitte. Auch diese gehören zur menschlichen Bandbreite.

EIN BUNTER VOGEL

»Nein, das können Sie nicht.«

»Wieso?«

»Wenn Sie ein Buch schreiben wollen, dann müssen Sie was erlebt haben. Und das auch verarbeitet haben.« Die Bewegungstherapeutin sah mich eindringlich an.

Ich hatte langsam genug davon, dass mir andere sagten, was ich konnte und was nicht.

»Machen Sie es lieber andersherum. Gehen Sie erst mal arbeiten. Ein Buch schreiben können Sie danach immer noch.«

»Essen Sie immer zuerst das, was Sie nicht mögen und heben sich das Beste für den Schluss auf? Früher habe ich das gemacht, ja. Ich musste aufessen. Aber ich habe dabei die Erfahrung gemacht, dass das, was vorher so verlockend aussieht, nachher kalt ist und überhaupt nicht mehr schmeckt. Dann stopft man es lustlos in sich hinein, obwohl man eigentlich schon satt ist.«

Sie wirkte jetzt nachdenklich und der Psychiater nickte.

»Meine Krankheit war nicht umsonst. Ich habe etwas daraus gelernt.«

Das letzte halbe Jahr hatte ich damit verbracht, mich dazu zu entschließen, wie es beruflich mit mir weitergehen sollte. Bereits während der Ergotherapie hatte ich damit begonnen, einen Roman zu schreiben. Die Entscheidung war längst gefallen. Nur deshalb hatte ich meine Therapiegruppe überhaupt darin eingeweiht, dass ich vorhatte, zunächst dieses Buch zu Ende zu schreiben und danach weiterzusehen.

Wollen wir doch mal sehen, was ich noch kann.

IRRE GESUND

Ich onanierte. Nackt lag ich mit dem Rücken auf den kalten Fliesen. Das Badezimmer wurde durch die Lampen zu beiden Seiten des Spiegels beleuchtet. So bot mir die weiß gestrichene Decke einen angenehm reizlosen Anblick. Die Tür war geschlossen. Das laute Schnarchen meiner beiden Bettnachbarn war kaum noch zu hören. Mehr Privatsphäre bekam ich hier leider nicht.

Ich konnte nicht schlafen.

Meine Gedanken rasten wie verrückt. Aufräumen hatte keine Ordnung da rein gebracht. Deshalb lag ich hier und tat, was ich tat. Es war die wirksamste Entspannungsmethode, die ich kannte.

Plötzlich bewegte sich die Klinke und die Tür öffnete sich.

»Oh nein.« Das Gesicht wandte sich sofort ab und eine Hand tastete nach dem Lichtschalter.

Dunkelheit. Mein Herz stand still. Ich setzte mich auf, streckte meine Hand aus, fand den Schalter und es wurde hell. Das gab mir ein Gefühl von Sicherheit. Kontrolle.

»Stehen Sie bitte auf und ziehen Sie sich an.«

Das Licht ging wieder aus.

Was sollte das? Was wollte dieser Mann von mir?

Er trat einen Schritt auf mich zu, griff mich hart am Arm und zerrte daran.

Es tat weh. Ich gab nach.

»Anziehen.«

Ich gehorchte. Der Schlüpfer lag nicht weit. Schnell stieg ich hinein, zog ihn hoch und sah den Eindringling an.

Er zeigte auf das Bett, das irgendwo im Dunkel des Mehrbettzimmers stand. »Legen Sie sich hin und versuchen Sie zu schlafen.«

»Nein.«

»Herr Anders!« Er packte mich wieder und versuchte, mich aus dem Badezimmer zu ziehen.

Ich stemmte die Füße in den Boden und hielt mich am Türrahmen fest.

Er löste gewaltsam meine Finger und erhöhte den Druck.

»Nein!« Ich schrie.

Ich erinnere mich nicht daran, aber man sagt, ich hätte den Pfleger gebissen.

Ganz deutlich habe ich vor Augen, wie ich im Flur gegenüber der Medikamentenausgabe im Bett saß, die Füße fest angebunden und mit den Beinen strampelte, an den Fesseln rüttelte. Umringt von fremden Menschen, die mich anstarrten.

Ich schrie und spuckte links und rechts auf den Boden.

Eine Frau in weißem Kittel hielt eine Spritze in der Hand und bot mir an, ich dürfe wählen: »Freiwillig« eine unbekannte Flüssigkeit aus einem kleinen Plastikbecher trinken oder die Spritze?

Ich entschied mich für den Becher und schluckte den Rest meiner Menschenwürde herunter. Es brannte in meinem Rachen wie Feuer.

Als ich erwachte, fand ich an Armen und Beinen breite weiße Manschetten. Mein Bett stand in einem Einzelzimmer. Durch das vergitterte Fenster schien die Sonne.

Zehn Tage später.

Die Ärztin lehnte sich vor mir an der gelben Wand an. Ihre Hände versteckte sie hinter sich, der Kittel stand offen.

»Seit Sie die Tabletten regelmäßig einnehmen, geht es Ihnen deutlich besser.« Sie lächelte und mir fielen die Lachfältchen an ihren Augen auf.

Skeptisch sah ich sie an. Ich wusste, dass diese Pillen Gift für mein Gehirn waren. Aber da ich mich hier in einem Krankenhaus in der geschlossenen Psychiatrie befand, und diese Leute fest an deren Wirksamkeit glaubten, führte nach mehreren erfolglosen Fluchtversuchen kein Weg an einer Kooperation vorbei.

»Was habe ich denn nun?«

»Ich sagte Ihnen bereits, dass Sie eine akute Psychose haben.«

So nannten sie mein Verhalten, ohne zu wissen, warum ich es gezeigt hatte. Das MRT hatte nichts ergeben. Ein Schatten auf den Bildern konnte auf eine Veränderung des Hirngewebes oder auf einen Gerätefehler hindeuten.

»Herr Anders, Ihre Erkrankung nennt man eine schizoaffektive Störung.«

Ich schüttelte den Kopf.

»Das ist eine unheilbare, Entschuldigung, eine chronische Krankheit.«

»Nein, das kann nicht sein. Ich war depressiv und von mir aus bin ich auch manisch, aber schizo bin ich nicht!« Ich war doch nicht verrückt!

»Herr Anders. Sie glaubten sich im Jenseits. Sie glaubten sich in einer Meditation. Sie wollten die Realität, dass Sie sich im Krankenhaus befinden, nicht akzeptieren.«

Ich nickte vorsichtshalber.

»Dann haben Sie in der Visite erzählt, Sie seien schwanger, wollten auf die Wöchnerinnen-Station verlegt werden und verlangten die Untersuchung einer Urinprobe, um Ihre Behauptung zu untermauern.«

In meinen Wangen stieg Hitze auf, schnell blickte ich zu Boden.

Einer meiner früheren Fluchtversuche war gewesen, mich in den Schrank zu stellen in der Hoffnung, ich käme wie in der Geschichte meiner Freundin in einem anderen Schrank heraus und so in Freiheit.

Magisch angezogen hatte mich bei meinen Spaziergängen im Flur – nach draußen durfte ich nur in Begleitung – der kleine rote Kasten an der Wand mit dem schwarzen Knopf hinter Glas. Dem Impuls, Feueralarm auszulösen, hatte ich mehrmals erfolgreich widerstanden. Ich war nicht vollständig überzeugt davon gewesen, dass mich wirklich jemand retten käme. Wahrscheinlicher war, dass man mich für einen Irren halten und mir den Einsatz in Rechnung stellen würde. Außerdem hätte ich dazu die Scheibe einschlagen müssen und wollte mich nicht an den Scherben verletzen.

»Das sind alles deutliche Hinweise auf Wahnvorstellungen«, dozierte sie weiter. »Dazu kommt, dass Sie die Krawatte meines Kollegen lila sahen. Das war eine optische Halluzination.«

Lila. Die Vereinigung aus Blau, Männlichkeit, und Rot, Weiblichkeit, zu einer harmonischen Einheit. Hätte ich nicht bei der Ergotherapie das Knetmännchen mit der lila Krawatte versehen und laut gesagt, das wäre jetzt der Oberarzt, wäre niemandem etwas aufgefallen. Auf die Frage des Therapeuten hin hatte ich erklärt, wie mutig ich es fand, als Mann in leitender Position mit lila Krawatte aufzutreten. Es machte mich sehr nachdenklich, dass keinem der anderen dieses Detail aufgefallen war. Was, wenn sie recht hatten und ich tatsächlich Dinge sah, die es nicht gab? Vermutlich eine Nebenwirkung der Medikamente.

»Das alles sind Merkmale, die auf Schizophrenie hindeuten. In Verbindung mit Ihren extremen Stimmungsschwankungen, wie sie auch bipolare Patienten haben, führt das zur Diagnose schizoaffektive Störung.«

»Ich hatte einfach nur Angst«, versuchte ich es kleinzureden.

»Gegen die Panikattacken haben die Tabletten ja auch geholfen.« Sie lächelte.

Ich sah weg. Bevor ich in der Klinik eingesperrt und zwangsbehandelt wurde, hatte ich keinen Grund zu Misstrauen gehabt und daher auch keine Ängste. Nur ein einziges Mal in meinem Leben hatte ich ein vergleichbares Angstgefühl gehabt und das war während eines Raubüberfalls, bei dem ich gefesselt worden war. Damals hatte die Angst vor einer Wiederholung bis ein halbes Jahr danach angehalten.

Mir war unerklärlich, warum Menschen, die sich zur Aufgabe gemacht hatten, anderen zu helfen, mir so etwas angetan hatten. Man hätte einfach mit mir reden können oder wenigstens so tun, als hörte man mir zu.

Wichtiger war jetzt aber, meine Ärztin durch gepflegte Konversation von meiner klaren Geistesverfassung zu überzeugen. Ich sah sie an und nahm noch einmal Bezug auf die Diagnose, die sie bereits zweimal geändert hatte, was ich nicht sehr vertrauenserweckend fand. »Warum sind Sie sich jetzt so sicher?«

»Die Wirksamkeit der Medikamente bestätigt die Diagnose.«

IRRE GESUND – WIE ES HÄTTE LAUFEN KÖNNEN

Dieselbe Ausgangssituation. Ich onanierte, der Pfleger störte mich dabei. Das Licht ging aus, an und wieder aus.

»Stehen Sie bitte auf und ziehen Sie sich an.«

Ich blickte umher. Während ich versuchte, mit dem Satz etwas anzufangen, schossen Gedankenfetzen durch meinen Schädel. Ich sah meinen Bettnachbarn vor mir, wie er mir wild gestikulierend erklärt hatte, wo im Badezimmer ich meine Sachen unterbringen durfte und wo sein Bereich sei. Jetzt lag alles durcheinander auf dem Fußboden.

»Schauen Sie mal, das da sieht aus wie Ihre Unterhose«, sagte der Pfleger leise, »ziehen Sie die bitte an.«

Ich sah ihn mit großen Augen an, tat aber, wie mir geheißen.

»Sehr schön, Herr Anders, und jetzt legen Sie sich wieder ins Bett.« Sein Arm wies darauf.

Ich schüttelte wild den Kopf.

»Wollen Sie denn gar nicht schlafen«, fragte er, »oder können Sie nicht?«

Ich nickte nur.

»Na, dann kommen Sie mal mit«, forderte er mich auf. »Aber leise. Und ziehen Sie sich bitte an.«

Schweigend kleidete ich mich an und folgte ihm, heraus aus dem dunklen Dreibettzimmer, über den taghell beleuchteten Flur. An der Wand hing an einer Schnur ein Feuerzeug. Daher kam also das Klicken, das ich gehört hatte. Es roch nach dem Rauch einer Zigarette, die sich eben jemand angesteckt haben musste. Es waren also noch mehr Leute wach. Auf der Schwelle zum Dienstzimmer blieb ich stehen.

»Kommen Sie ruhig rein. Setzen Sie sich.« Mit einer Handbewegung deutete er auf einen der freien Stühle.

Dieser Einladung leistete ich Folge.

»Warum können Sie denn nicht schlafen, Herr Anders?«, fragte der Pfleger freundlich.

Ich zuckte nur mit den Schultern.

»Was hilft Ihnen normalerweise beim Einschlafen, wenn Sie zu Hause sind?«

»Kakao?«

»Ah! Sie können also doch sprechen. Möchten Sie einen Kakao?«

Ich nickte. Hier bekam ich allen Ernstes mitten in der Nacht einen Kakao. Verrückt.

»Schokolade ist gut gegen Depressionen. Mein Therapeut ist auf meiner Seite. Ich habe Angewandte Informatik studiert«, quoll es aus mir hervor. »Im Zimmer Jesus und Maria.« Ich blickte den bebrillten Pfleger hilfesuchend an.

»Sie haben studiert?«, fragte er.

»Jesus«, setzte ich nach. »Dem Coach habe ich am Telefon gesagt: ›Ich bin der Messias.‹ Das ist mir aber zu viel Verantwortung. Dieser Druck! Ich halte das nicht aus.«

»Ich kann Ihnen nicht ganz folgen«, gestand der Pfleger.

»Berufungscoaching. Der Mann im Zimmer hat gesagt, er ist Jesus«, bemühte ich mich.

»Das ist ein Patient, genauso wie Sie«, erklärte mir der Krankenpfleger. »Sie sind hier im Krankenhaus.«

»Krankenhaus? Ich bin nicht krank! Ich muss zur Arbeit.« Ich stand auf. »Ich will hier raus! Scheißkrankes System!«

»Herr Anders, schreien Sie bitte nicht so«, sagte er ruhig. »Die anderen Patienten wollen in Ruhe schlafen. Setzen Sie sich hin und trinken Sie Ihren Kakao.«

»Ich bin nicht müde, ich will noch nicht ins Bett! Ich bin erwachsen. Sie haben mir nicht zu sagen, wann ich ins Bett gehen soll. Wer sind Sie überhaupt?«

»Schauen Sie mal: Mein Name steht hier auf dem Schild. Ich bin Herr Thostedt, der Krankenpfleger auf Station.«

So ein schickes Namensschild wollte ich auch haben. Ich setzte mich wieder, griff nach der Tasse Kakao, sog den Duft ein und nippte.

»Ingo Anders, Schriftsteller. Schokolade ist gut gegen Depressionen«, erklärte ich und lächelte.

Am nächsten Tag bekam ich ein Einzelzimmer. Das Bad war frisch renoviert und es roch streng nach Essig. Es gab einen Kleiderschrank, dessen Türen ich abschließen konnte. Darin gab es ein zusätzliches abschließbares Fach. Ich verstaute dort, was ich als

Wertsachen empfand – neben Portemonnaie und Laptop auch meine frischen Unterhosen. Viel hatte ich ja nicht.

Es klopfte an der Tür.

»Hallo? Wer ist da?«, fragte ich.

Die Tür öffnete sich vorsichtig. »Guten Tag, mein Name ist Arndt von Stein, ich bin Genesungsbegleiter.«

Ich beäugte ihn misstrauisch von oben bis unten. Er trug normale Kleidung, Jeans und Hemd. »Was ist das, ein Genesungsbegleiter? Kein Kittel, keine Schürze, Sie sehen aus, als hätten Sie Freizeit. Arbeiten Sie hier oder sind Sie Patient?«

»Ich arbeite hier. Genesungsbegleiter zu sein bedeutet, dass ich selbst eigene Psychiatrieerfahrung habe und Sie bei Ihrer Genesung begleiten möchte. Depression, Manie, Psychose kenne ich aus eigener Erfahrung.«

»Also waren Sie hier mal Patient? Sind Sie noch krank oder schon wieder gesund? Hoffentlich nicht ansteckend! Hat Ihnen Tee geholfen oder Gesundheitslatschen?«, fragte ich.

»Ich war in einem anderen Krankenhaus Patient. Mir haben Medikamente ganz gut geholfen. Das heißt, die helfen mir immer noch.«

»Medikamente? Ach so. Die bekomme ich auch. Kennen Sie den Herrn Thostedt? Das ist ein kranker Pfleger, der kann Kakao machen, mitten in der Nacht.«

»Ja, den kenne ich.«

»Der ist nett, der Herr Thostedt«, sagte ich. »Solche Menschen braucht das Land.«

»Das freut mich zu hören.« Er lächelte. »Ich will gar nicht länger stören. Ich wollte nur, dass Sie wissen: Wenn Sie Gesprächsbedarf haben, Lust auf einen gemeinsamen Spaziergang oder etwas spielen möchten, wenden Sie sich gerne an mich.«

»Danke«, entgegnete ich matt. »Das ist mir alles zu viel im Augenblick. Ich brauche Ruhe und vielleicht ein offenes Ohr für meinen Sprechdurchfall, aber ich will Ihnen nicht auf die Nerven gehen, damit Sie mich nicht nerven.«

»Ich sage erst mal Tschüss, Herr Anders. Bis bald mal. Alles Gute für Sie.«

»Bis bald. Gehen Sie, aber gehen Sie mit Gott.« Ich schloss die Tür. Endlich allein.

»Bald« war wenige Tage später.

Mittlerweile schlugen die Medikamente gut an, ich konnte wieder vernünftige Sätze bilden und kam nicht ständig von Hölzchen auf Stöckchen. Es war ja nicht so, als wenn mir das nicht selbst aufgefallen wäre, aber ich konnte wenig dagegen machen, kaum Gedanken für mich behalten. Ich hatte mit einem guten Freund an der Elbe gesessen und er brauchte ausdrücklich Ruhe – ich war nicht in der Lage gewesen, mit ihm gemeinsam zu schweigen; ich konnte meinen Mund einfach nicht halten. Das erkannte ich nun als Problem. Das, und dass ich nicht schlafen konnte. Davon abgesehen fühlte ich mich gesund.

»Hattest du mal Logorrhoe?«, fragte ich Arndt. Er hatte mir inzwischen das Du angeboten. Bei Genesungsbegleitern war das so üblich.

»Ja, das hatte ich auch schon. Die Logorrhoe gehört zu den typischen Symptomen in einer Manie. Da das Denken derart beschleunigt ist, spricht oder schreibt man auch schneller. Leider geht dabei oft einiges durcheinander.« Er strich durch seinen Bart. »Ich dachte damals, alle anderen wären einfach langsamer als ich, weil sie weniger intelligent seien. Rückblickend betrachtet ist mir klar geworden, dass es an mir und meinem Kauderwelsch lag, dass mir niemand mehr folgen konnte. Dabei war das alles andere als angenehm, mich nicht mehr verständlich machen zu können. Oft genug habe ich vor Verzweiflung geweint.«

»Meinst du, man könnte die Manie ausnutzen? Schneller schreiben können ist auf jeden Fall von Vorteil für mich als Schriftsteller.«

»Nee, Ingo, da muss ich dringend von abraten. Ich schreibe zwar nur Tagebuch, aber anhand dessen ist mir schon aufgefallen, was für einen Mist ich da zusammengetippt habe. Übrigens ist das ein gutes Frühwarnzeichen: Wenn ich vermehrt schreibe, bahnt sich oft eine Hypomanie an.«

»Die Hypomanie ist eine weniger stark ausgeprägte Manie?«

»Richtig. Durch das geringere Schlafbedürfnis steigert sie sich leicht in die Manie und dann kann es ratzfatz in die Psychose gehen.«

»Kann man das steuern, Arndt, sodass man gar nicht erst in die Manie reinkommt?«

»Alle meine Versuche, diese Energie irgendwie für mich zu nutzen, haben mich gegen meinen Willen in die Klinik und in die Fixierung gebracht.

Du musst natürlich deine eigenen Erfahrungen machen, aber ich kann dir sagen, dass alle anderen Betroffenen, die ich kenne, es nicht geschafft haben, die manische Welle erfolgreich zu reiten. Im Gegenteil, viele haben sich sogar verschuldet und Freundschaften oder ihren Arbeitsplatz verloren. Sorry, Ingo, ich würde dir gerne etwas Positiveres berichten.«

»Das hört sich übel an. Dabei gings mir doch einfach nur supergut, dachte ich.«

»Das ist die Euphorie. Wenn du erst mal eine dysphorische Manie erlebt hast, erkennst du auch die Manie als Krankheit und nicht nur die Depression, glaub mir.«

»Ich kann das alles gar nicht fassen. Das ging so schnell. Ein paar Tage nicht geschlafen und schon lande ich in der Psychiatrie. Dabei war ich fast fertig mit dem Manuskript. Und in meinem Brotberuf falle ich jetzt auch noch aus.«

»Das braucht Zeit, das alles zu verarbeiten«, sagte Arndt.

»Womit du dich inzwischen beschäftigen könntest, sind Entspannungstechniken wie zum Beispiel die Progressive Muskelrelaxation nach Jacobson.« Er zwinkerte mir schelmisch zu.

Dieses Gespräch mit Arndt bewegte mich tief. Sobald ich einigermaßen stabil war, absolvierte ich selbst die EX-IN-Ausbildung. Heute leite ich eine kleine Schreibwerkstatt in einer Begegnungsstätte. Menschen in psychischen Krisen kommen mit ihren Tagebucheinträgen zu mir, um darüber zu sprechen, andere machen ihre ersten Gehversuche im kreativen Schreiben. Über meinen eigenen Genesungsweg ist inzwischen ein Buch im Handel.

SEX MIT DER
TENTAKELKÖNIGIN

Endlich von der geschlossenen psychiatrischen Station auf die Offene entlassen, fühlte ich mich gleich viel wohler, weil ich deutlich spürbar ein Stück meiner Eigenverantwortung zurückbekommen hatte. Ich durfte alleine spazieren gehen, ich musste nur vorher fragen und vereinbaren, wann ich zurück sein würde. Ich fühlte mich zwar mindestens 25 Jahre zu alt für eine solche Überfürsorge, aber ich fügte mich. Welche Alternative hätte ich gehabt?

Noch während meiner geschlossenen Unterbringung war für mich ein Termin zum EEG anberaumt worden, um organische Hintergründe für mein von außen betrachtet seltsames Verhalten auszuschließen. Zu dem Behandlungszimmer, das in einem anderen Teil der Klinik lag, wurde ich von einer Schwester begleitet.

Während ich dort wartete, erzählte mir eine »Mitpatientin«, wie man sich unter »Betroffenen« gegenüber Behandlern zu bezeichnen hat, schauerlichste Ammenmärchen über das, was uns während der Untersuchung bevorstünde.

Es werde eine Maschine benutzt, die die eigenen Gedanken heraussauge und fremde einpflanze und Ähnliches. Ich hielt das allesamt für abwegig. Als ich jedoch sah, was die Ärztin benutzen wollte, eine Haube für den Kopf mit Saugnäpfen, sperrte sich plötzlich alles in mir und ich hatte von einem Augenblick auf den anderen furchtbare Angst. Diese Saugnäpfe hatten mich an ein Erlebnis meiner Kindheit erinnert:

In der dritten Klasse hatte ich wegen »auffälligen Verhaltens« zur Schulpsychologin gehen müssen. Diese hatte in ihrem Behandlungszimmer einen Schreibtisch für die Gespräche mit den Eltern sowie ein Sofa mit einem Tisch, an dem sie sich mit mir hinsetzte und unter anderem mit mir spielte, um mein Vertrauen zu gewinnen. Als sie glaubte, es zu haben, musste ich mit ihr in einen Nebenraum mitgehen.

Dort war eine Behandlungsliege, auf die ich mich legen musste, nur mit Unterhose bekleidet. Dann klebte sie mir ebensolche Saugnäpfe an Kopf und Brust und unterzog mich einem peinlichen Verhör. Meine Mutter berichtete mir später, die Psychologin habe sie einmal gefragt, ob wir Polizisten in der Familie hätten.

An eine dieser Befragungssituationen erinnere ich mich noch bestens:

»Was würdest du machen, wenn du alleine in einer fremden Stadt wärst?«

»Warum?«

»Du sollst es dir nur einfach vorstellen. Du brauchst keine Angst zu haben. Stell dir vor, du bist in einer fremden Stadt, ganz alleine, ohne deine Eltern oder deinen Bruder und weißt gar nicht, wo du bist.«

»Ich würde jemand nach dem Weg fragen.«

»Wen denn?«

»Einen Polizisten.«

Meine Antwort muss sie wohl verunsichert haben. Vielleicht hat sie mich auch vor Schlimmerem bewahrt.

Ich erinnere nur diese Sequenz klar und deutlich und habe mich später erkundigt:

Wer als Psychologe niedergelassen ist, darf keine körperlichen Untersuchungen wie EEG oder EKG durchführen. Dazu muss überwiesen werden.

Seit diese Erinnerung damals hochkam, träumte ich manchmal, wie die Szene möglicherweise weitergegangen sein könnte oder weiterging:

Ich sehe den Mann der Schulpsychologin reinkommen und irgendetwas von einer Kamera sagen. Sie schickt ihn wieder weg mit den Worten, sie sei noch nicht so weit.

Nein, ich will da jetzt nicht weiter drüber nachdenken. Was vergangen ist, soll ruhen.

Jedoch war dieses zurückliegende Erlebnis mit Saugnäpfen auf meiner Haut der Grund dafür, dass ich im Alter von 32 Jahren beim Anblick dieser Dinger horrende Angst bekam und mich keinesfalls anfassen lassen wollte. Auch als gefragt wurde, welche Psychologin mir zugeteilt werden sollte, verweigerte ich alle und bestand auf einem Mann. Doch auch mit diesem kam es nie zu einem Einzelgespräch.

Ich versuchte, mich während der Morgenrunde hinsichtlich oben beschriebenen Erlebnisses anzuvertrauen, weil ich mich nur in der Öffentlichkeit sicher damit fühlte, doch dabei wurde ich abgewürgt, um die anderen nicht zu belasten.

Nachdem ich mich etwas beruhigt und eine Woche später den neu angesetzten EEG-Termin hinter mich gebracht hatte, fragte mich eine der Stationsschwestern, wie ich diesen erlebt hätte.

In mir tobte der totale Aufruhr an Gefühlen. Ich erinnerte alle Eindrücke und alle Assoziationen, die ich zu meinen Wahrnehmungen gehabt hatte sowie die darauffolgenden Gedankengänge und wusste überhaupt nicht, wo ich hätte anfangen sollen zu berichten. Es war sehr, sehr anstrengend und doch viel angenehmer als befürchtet. Es war unendlich qualvoll, dort auf dem Stuhl unbehaglich ausharren zu müssen, während die Ärztin mit der Maus klickte und zunehmend mehr Geräusche machte. Die Unruhe wurde immer unerträglicher. Zugleich spürte ich sehr deutlich, dass diese Frau es gut mit mir meinte und mir nichts Böses wollte.

So versuchte ich, all das auf den Punkt zu bringen, und brachte nur heraus: »Es war wie Sex mit der Tentakelkönigin!«

»Ich glaube«, sagte daraufhin die Krankenschwester, und bedachte mich mit einem freundlichen Blick, »Sie sind nicht verrückt. Sie sind einfach nur ein bunter Vogel.«

Das war natürlich eine Beschreibung, die ich sehr gerne für mich angenommen habe.

NL-ZOMBIE

Ich will nach Hause. Endlich wieder zu mir selbst. Was von mir übrig geblieben ist nach der Psychose, ist ein jämmerliches Wrack, ein NL-Zombie. Neuroleptika, kurz NL, sind so ziemlich die schlimmste Erfindung des ausgehenden Jahrhunderts. Diese chemische Fixierung verändert entgegen der Behauptung der Psychiater sehr wohl die Persönlichkeit, denn Wünsche werden unterdrückt, Ziele entrückt und der Wille ist kaum noch vorhanden.

Funktionieren kann ich wohl wieder, aber nicht mehr leben. Ich habe keine Lust zu schreiben und doch setze ich mich hin und tippe. Ich habe keinen Appetit und doch setze ich mich hin und schaufle Essen in mich rein. Ich habe keine Lust, vor die Tür zu gehen und doch latsche ich brav zu den Therapien. Ich freue mich nicht über Sonnenschein, der Regen lässt mich ebenso kalt. Alles ist eintönig. Grau.
Ich verschlafe meine Zeit.

Das ist keine Depression und dieses Gleichgültige allem gegenüber und die Bocklosigkeit sind auch keine Folgen der Psychose – es sind eindeutig Nebenwirkungen der Neuroleptika.

Ich erinnere mich an Wünsche aus der Zeit davor. Ich weiß, was Wünsche sind und was Ziele. Ich kenne den Ehrgeiz und erkenne, dass nichts mehr davon übrig ist. Warum aufstehen, wenn ich auch liegen bleiben kann? Ich bin doch krank. Die Rolle sitzt. Es hat keinen Sinn, etwas erleben zu wollen, denn genau das bleibt mir verwehrt: Erleben. Ich kann Spaziergänge machen und gehe dabei nur. Ich kann mich mit Leuten treffen und wohne dem Treffen bei. Ich bleibe draußen. Mein Kopf ist zu langsam. Ich kann zwar am Gespräch teilnehmen, mich aber nicht unterhalten.

Diese Dämpfung hat ursprünglich mal einen Sinn gehabt. Zu einer Zeit, als meine Gefühle außer Rand und Band waren. Um zu tiefer Trauer und zu heller Freude Einhalt zu gebieten und die Schlaflosigkeit zu beenden. Da war das angezeigt.

Aber dass es einen so schnell so tief runterreißt? Das kann nicht beabsichtigt sein. Man muss berücksichtigen, dass ein dermaßen abgeschossener Patient zu allem Ja und Amen sagt und alles schluckt. Den darf man nicht alleinlassen damit und muss ärztlicherseits Initiative zeigen, die Dosis beizeiten zu senken. Wenn man schon unbedingt so hoch andosiert.

Aber dieser Gedankengang unterstellt natürlich, Ärzte wollten sich nicht nur bereichern am sogenannten Gesundheitssystem.

KNIFFELIG

»Sie sind dran«, fordert meine Ergotherapeutin mich auf. Ach so, schon wieder vergessen. Diese verdammten Konzentrationsstörungen.

Ich schüttele den Würfelbecher. Drei Fünfen. Das ist schon mal gut. Könnte ein Kniffel werden. Ich bekomme eine Drei und eine Vier dazu.

»Na, wird das eine Straße?«, fragt sie.

Jetzt muss ich wieder überlegen. Ewig lang überlegen. Gebe ich zwei der Fünfen auf, muss ich von meiner Strategie, immer auf Kniffel zu pokern, abweichen. Diese Würfel könnte ich gut als Dreierpasch nehmen. Aber dann habe ich in dieser Runde keine Chance mehr auf den Kniffel und die Fünfer habe ich ja auch noch offen.

»Nein«, sage ich und würfle erneut. Eine Eins und eine Sechs. Ist das besser oder schlechter? Ist egal. Damit muss ich jetzt leben. Andere Leute würden nachrechnen, ob das nun oben mehr Punkte bringt oder unten. Ich entscheide das nach Gefühl. Drei Fünfer sind fünfzehn, das weiß ich. Mein Einmaleins ist lückenhaft, aber hier bin ich noch im sicheren Bereich. Ich schreibe das Ergebnis auf die Fünfer, auch wenn ich drei davon wenig finde.

Sie würfelt. Meine Gedanken schweifen ab und ich hadere mal wieder mit mir, mit meinem so schlecht gewordenen Gedächtnis. Ich bin unzufrieden. Früher war mehr Lametta. Als ich mir Namen noch merken konnte, einfach weil der Mensch mich begeistert hat und ich nicht mühsam Memorierungstechniken anwenden musste.

»Sie sind dran, Herr Anders.«

Schon wieder? Das war aber eine kurze Pause. Ich greife nach dem Becher und nehme mir vor, besser aufzupassen.

Ich bekomme vier Dreien und eine Eins. Natürlich habe ich die Dreien schon voll. Zwei erfolglose Versuche später setze ich sechzehn auf den Viererpasch. Normalerweise mache ich das nicht mit Dreien, aber ich hatte keine andere Wahl.

Ich gebe den Becher und die Würfel ab und achte genau darauf, was sie würfelt, und vor allem, wann sie das dritte Mal gewürfelt hat.

»Große Straße!« Große Freude.

Na, so hätte ich es auch so mitgekriegt, denke ich frustriert.

Mittlerweile habe ich den oberen Bereich voll. Normalerweise würde ich einen Taschenrechner benutzen, aber es ist ja der Sinn der Übung, dass ich im Kopf rechne. Um ein Schmierblatt mit Nebenrechnungen zu bekritzeln, bin ich zu eitel. Nicht mit zweistelligen Zahlen. Das kriege ich schon hin. Ich weiß auch gar nicht, ob es ihr recht wäre, und ich traue mich nicht, sie zu fragen. Mit dem oberen Bereich habe ich nie Probleme. Unten wird es haarig, da sind die Zahlen dreistellig. Und da guckt sie mir beim Rechnen zu. Das ist echt übel. Sie hat nämlich nicht die Geduld, abzuwarten, bis ich ein Ergebnis präsentieren kann. Ich vergesse leider immer das Zwischenergebnis, die Eins im Sinn und so. Das, was ich auf einem extra Schmierzettel notieren könnte. Wenn ich nicht zu stolz wäre, diese Schwäche offen einzugestehen, wegen der ich hier in Behandlung bin: Konzentrationsschwäche. Und mit dieser Ungeduld führt sie mir deutlich vor Augen, wie grottenschlecht mein Gedächtnis geworden ist. Scheißtabletten.

Inzwischen habe ich mich daran gewöhnt, dass beim Lesen von Büchern alle drei oder vier Seiten meine Augen am Ende eines Abschnitts ankommen und ich überhaupt nichts davon weiß, was da geschrieben steht. Ich springe einfach an den Beginn des Absatzes, manchmal auch zwei oder drei Absätze weiter vor, nur zur Sicherheit. Papier ist geduldig. Ich mittlerweile auch.

PATIENT STARK WAHNHAFT

Patient stark wahnhaft. Hat die Überzeugung, er sei Psychiater. Behandelte mich wie einen Patienten. Viel Erfolg! Prof. Dr. med. W. Hubertz.

Der Kollege hatte mir mit dieser Notiz einen Patienten überwiesen, mit dem er überfordert war. Es versprach, ein spannender Fall zu werden.

Ich betrat das Wartezimmer.

»Herr Schimmelthal, kommen Sie bitte?«, rief ich ihn auf.

»Dr. Alexander Olaf Schimmelthal.« Er betonte den Doktortitel, den er in Wahrheit vermutlich gar nicht hatte.

»Aber natürlich.« Ich reichte ihm die Hand. »Herr Dr. Schimmelthal.« Ich begleitete meinen Patienten in mein Arztzimmer. »Ich bin Herr Dr. Markus Wagner.« Ich wies auf die beiden Stühle vor dem Schreibtisch und nahm dahinter Platz.

Er setzte sich zögerlich.

Ich beobachtete ihn gespannt und fragte: »Was kann ich für Sie tun?«

»Da bin ich mir nicht so sicher.« Unruhig rutschte Herr Schimmelthal hin und her und stand dann wieder auf.

»Schön haben Sie es hier«, bemerkte er, während er sich im Raum umsah.

Was sollte das werden? Er wird mir doch nicht die Einrichtung zerschlagen? Es war gerade alles frisch renoviert.

»Bitte, nehmen Sie doch wieder Platz.« Ich sah ihn mit einem professionellen Lächeln an.

Schimmelthal sah abwechselnd den Stuhl und mich abschätzend an.

»Nein, danke, ich stehe lieber.« Es klang angespannt.

Mir fiel das Lächeln aus dem Gesicht. Das hier nahm ungewohnte Bahnen. Patienten gehörten vor den Schreibtisch, sitzend, und sollten nicht im Zimmer umherwandern. Was sollte ich nur tun? Ich war der Arzt, ich musste die Gesprächsführung behalten. Wenn der Patient nicht in der Lage war zu sitzen, dann blieb er eben stehen.

Ich versuchte einen Neubeginn: »Herr Dr. Schimmelthal, warum kommen Sie zu mir?«

»Das glauben Sie mir ja doch nicht.«

Einen kleinen Lacher konnte ich mir nicht verkneifen. »Wissen Sie«, fragte ich mit einem Grinsen, »wie oft meine Patienten diese Befürchtung äußern?«

»Also gut, hören Sie zu: Ich bin kein Patient. Ich mache das hier nicht mehr mit.« Damit wandte er sich zum Gehen.

»Herr Dr. Schimmelthal, so warten Sie doch bitte!« Ich sprang auf, um ihn aufzuhalten.

Er drehte sich um und fragte: »Wären Sie bereit, sich da hinzusetzen?« Er zeigte auf die Besucherstühle.

»Ich?«

Aber natürlich, für ihn in seinem Wahn musste die Vorstellung, der Arzt zu sein, genauso real sein wie für mich und ihm selbstverständlich erscheinen, nicht auf den Patientenstuhl, sondern auf den Arztsessel zu gehören. Andererseits, auch ich war manchmal Patient, obwohl ich Arzt war. »Was halten Sie denn davon, wenn wir beide dort Platz nehmen?«

Er folgte mir bereitwillig, nachdem ich Platz genommen hatte.

»Und nun erzählen Sie mal in aller Ruhe.«

Er fingerte in seiner Hosentasche herum und holte ein Stück Papier hervor, das er sorgsam glattstrich, bevor er anfing, davon abzulesen.

***

Nach langer Zeit saß ich das erste Mal wieder in einem Wartezimmer. Ob das die richtige Idee war? Mich in eine Arztpraxis zu begeben als Patient? Etwas mulmig war mir schon zumute. Was, wenn ich ihn gegen mich aufbrachte? Das Wort eines Mannes im Arztkittel galt mehr als meins, wenn die Polizei vor Ort war.

Ein Herr in Weiß betrat mit Gesundheitslatschen den Raum und sah sich suchend um.

»Herr Schimmelthal, kommen Sie bitte?«

Showtime. Ich atmete tief durch und erhob mich langsam.

»Dr. Alexander Olaf Schimmelthal.« Gewohnheitsmäßig nannte ich meinen vollen Namen und meinen Titel, nur um mich kurz darauf zu fragen, ob das die Sache nicht unnötig kompliziert machte. Jetzt war es zu spät.

»Aber natürlich«, sagte er in einem Tonfall, als habe ihm ein kleines Kind einen offensichtlichen Bären aufgebunden. Nicht sehr vielversprechend. »Herr Dr. Schimmelthal.« Den Doktortitel betonte er, als hielte er ihn für eine Lüge.

Er stellte sich mit »Ich bin Herr Dr. Markus Wagner« vor und wies mir die Patientenstühle vor dem Schreibtisch zu, um sich selbst dahinterzusetzen. Jetzt schon die Rolle aufzugeben, wäre sicherlich zu früh. Erst musste ich sein Vertrauen gewinnen. Also nahm ich Platz.

»Was kann ich für Sie tun?«

Was sollte ich denn jetzt tun? Irgendeine Anamnese erfinden?

»Da bin ich mir nicht so sicher.« Ich hielt es nicht mehr aus und stand auf. »Schön haben Sie es hier.« Hinter Herrn Dr. Wagner reihte sich ein Bücherregal ans andere und die Wand gegenüber zierte ein Gemälde, das offenbar zur modernen Kunst zählte. Wovon konnte er das alles finanzieren?

»Bitte, nehmen Sie doch wieder Platz.« Herr Wagners Hand wies auf den für Patienten bestimmten Stuhl, auf dem er mich gerne sehen würde.

Das war eine Scheißidee! Ich hätte nicht herkommen sollen. Wenn ich mich da wieder hinsetze, ist alles verloren.

»Nein danke, ich stehe lieber.«

Damit hatte Wagner nicht gerechnet. Ihm entglitten die Gesichtszüge.

Ein bisschen tat er mir leid. Unschlüssig sah ich ihn an.

»Herr Dr. Schimmelthal, warum kommen Sie zu mir?« Es klang ehrlich interessiert.

Ich war fast versucht, mit der Sprache rauszurücken. »Das glauben Sie mir ja doch nicht.«

Er lachte herzhaft auf. »Wissen Sie, wie oft meine Patienten diese Befürchtung äußern?«

Patienten. Natürlich. Ich war immer noch im falschen Film.

»Also gut«, brach es aus mir heraus, »hören Sie zu: Ich bin kein Patient. Ich mache das hier nicht mehr mit.« Ich drehte mich um und ging auf die Tür zu.

»Herr Dr. Schimmelthal, so warten Sie doch bitte!«, rief er mir nach.

Einer Eingebung folgend blieb ich stehen. Ich drückte die Schultern durch, wandte mich ihm zu und fragte, auf die Besucherstühle zeigend: »Wären Sie bereit, sich da hinzusetzen?«

»Ich?« Er musterte die Stühle eine Weile. »Was halten Sie denn davon, wenn wir beide dort Platz nehmen?«

Darauf war ich nicht vorbereitet. Das beeindruckte mich derart, dass ich mich wie mir geheißen niederließ.

»Und nun erzählen Sie mal in aller Ruhe«, sagte Dr. Wagner, als ob er alle Zeit der Welt hätte. An dem Mann war tatsächlich ein guter Psychiater verloren gegangen. Ich konnte gut verstehen, warum er sich dieses Wahngebäude aufgebaut hatte.

Ob ich ihn würde erreichen können?

Aus meiner Hosentasche holte ich mit zitternden Fingern die Notiz des Kollegen, der mich auf diesen außergewöhnlichen Fall aufmerksam gemacht hatte:

Patient stark wahnhaft. Hat die Überzeugung, er sei Psychiater. Behandelte mich wie einen Patienten. Viel Erfolg! Prof. Dr. med. W. Hubertz.

POLYMORPH PERVERS

Sag mir, wie es ist, wenn Du liest. Wie fühlt es sich an? Noch ist Dir wohl, die leise Vorahnung von Beklemmung hat sich noch nicht bemerkbar gemacht. Habe ich recht? Du weißt doch, was ich schreibe. Dass es nichts Leichtes ist, mal eben für die Mittagspause, sondern harter Tobak. Den man erst mal verdauen muss. Das hast du bestimmt im Hinterkopf. Sag mir dann, ob es funktioniert hat, ja? Das ist mir sehr wichtig; es ist der Grund, warum ich schreibe. Die Kommunikation, der Austausch mit dem Leser.

Hast Du Dich eigentlich schon mal gefragt, wie ich es mache? Das Schreiben meine ich. Denkst Du, dass es ganz einfach ist und fast von selbst geschieht, so als ob man etwas abtippt? So simpel ist es nämlich nicht. Es ist sehr anstrengend, Herzblut zwischen die Zeilen fließen zu lassen. Ja, Herzblut, denn das ist es, was Du schön finden wirst an der Geschichte. Nicht die Handlung, nicht die Aussage, sondern mein Herzblut wird Deine Seele erfreuen.

Zu Anfang ist es noch ein leises Säuseln, ein Blenden mit schönen, weichen Worten. So sanft, als ob ich Dir mit einem hübschen, schwarzen Samtband die Augen verbinde. Denn was ist Schönheit anderes als Blendwerk? Langsam und stetig dringe ich in Dein

Unterbewusstsein ein. Egal, was Du vorhattest, was um Dich herum geschieht, nichts wird Dich vom Lesen dieses Textes abhalten.

Nachdem Dich meine Worte mit den ersten Sätzen gefesselt haben, ist es ganz so, als ob du nackt dasäßest, mit gespreizten Beinen an Deinem Stuhl fixiert. Spürst Du dieses Kribbeln im Schoß? Ich spüre es jetzt schon. Vielleicht ist es die Vorfreude auf das, was kommen wird. Was glaubst Du, was passieren wird? Ob ich Dich ficken werde? Oder zumindest streicheln?

Nein, sobald ich Dich eingelullt habe und Du Vertrauen gefasst hast, werde ich es missbrauchen. Es wird nicht so kommen, wie du Dir erhofftest. Es gibt kein Happy End, aber wahrscheinlich weißt Du das schon. Das Geschenk, das Du mir machtest, werde ich mit Füßen treten. Ich könnte Dir die Faust in den Anus rammen, einfach so. Stattdessen durchstößt meine eiskalte Hand Deine zitternde Brust und greift mit knöchernen Fingern nach Deinem Herz, drückt zu. Nicht so fest, dass es stehen bleibt, gerade so, dass Dir das Blut in den Adern gefriert und Du die Luft anhältst. Hältst Du die Luft an? Dann weiß ich, dass ich mein Ziel erreicht habe.

Das reicht mir schon. Ich schreibe Dir noch einen kurzen Absatz zum Ende, damit du Dich wieder fangen kannst, die Augenbinde ablegen und die Fesseln lösen. Fertig, ich hatte meinen Spaß.

HERBSTSONATE

Zärtlich strich er über den Deckel des betagten Pianos und wischte den Staub beiseite, bevor er ihn hochklappte und sich auf dem abgewetzten Schemel niederließ. Immer, wenn die Tage kürzer wurden, verspürte er dieses Ziehen im Herzen, sehnte er sich nach dieser Musik. Ihrer Musik. Die Noten spiegelten seine Gefühle wider, ob Moll oder Dur, bewegten ihn ganz aus sich heraus. Leise summend ließ er die ersten Töne der Sonate erklingen.

Warm schien die Herbstsonne durch das Fenster auf seine Hände, und seine Augen suchten im bunten Farbenspiel der Blätter jenen Ton, der sein Herz aufblühen ließ. Das frische Grün der Jugend, das Rostrot der Liebe, das blasse Gelb von Neid und Eifersucht – ihnen schenkte er keinen Blick. Seine Seele war getragen vom Braun der Beständigkeit, jenem hellen Braun, das auch ihr Haar gehabt hatte und welches sie heute noch verkörperte. Sie, die ihn das Klavierspielen gelehrt hatte. Sie, die ihn zu dem Ihren genommen hatte.

»Die Doppelsubdominante kann die Dominante ersetzen.«

Erst Jahre später hatte er die tiefere Bedeutung dieser Worte erfasst. Wie ein alberner Teenager hatte er damals kichern müssen, aber statt Vorwürfe ein

Schmunzeln geerntet. Seine Verlegenheit war Hingabe gewichen, angenommen und belohnt von ihr. Die Freude an der Musik, am Lernen mit ihr und durch sie schwoll an zu einem gewaltigen Crescendo, das wieder in seiner Brust vibrierte. Er schloss die Augen. Ach, stünde sie doch noch ein einziges Mal hinter ihm!

Die Frau, die sein Leben bis vor einigen Jahren mit ihm geteilt hatte.

Beim vierten Satz begannen seine Schultern zu zucken, doch er vergrub nicht das Gesicht in den Händen, spielte trotzig weiter bis zum Schlussakkord.

Draußen vor dem Fenster fiel das Laub von den Bäumen, es war Herbst geworden. Bald würde es Winter sein, die Melodie der Melancholie in eisiger Kälte erstarren.

FÜR IMMER

Ich wollte dich verstehen, in das Innerste deiner Seele vordringen. Du bist meistens still, nimmst so vieles einfach hin. Da ist kaum Gegenwehr. Selten kommst du aus dir heraus, gibst nicht preis, was dich bewegt. Ich wollte dich weinen sehen, deine Tränen als Beweis, dass Leben in dir ist. Was geht jetzt in dir vor? Ich weiß doch, dass auch du Gefühle hast.

Wieder sagst du nichts. Du liegst einfach da in dem dunklen Wasser und regst dich nicht. Die leichenblasse Seerose neben deinem zarten Ohrläppchen ergibt einen wunderschönen Kontrast zu deinen langen dunklen Haaren. Dein bezaubernder Mund, deine Lippen sind eisblau in deinem schneeweißen Gesicht. Auf deiner Wange liegt ein frisches grünes Blatt, gefallen von einer Trauerweide. Du bist so wunderschön. Du bist weiß, schneeweiß. Deine Augen hast du angstvoll aufgerissen, den Mund zu einem Schrei geöffnet. Mensch, sag was! Was ist los mit dir? Warum hast du Angst? Doch nicht vor mir?
Die Wellen schlagen an deinen Busen. Du bist schon ganz steif. Deine Haare hast du sonst immer so ordentlich gemacht; jetzt sind sie wild zerzaust und nass. Du riechst so anders und deine warme weiche Haut ist so kalt, ganz eiskalt. Du bist so steif, so leblos. Oh mein Gott, was habe ich getan?! Ich wollte

dir doch nur helfen! Ich habe versucht, dich zu verstehen. Warum wolltest du weg von mir? Was habe ich dir getan? Erkläre es mir, bitte!

Nein, ich lasse dich nicht gehen. Der Tod ist nicht das Ende. Du bist mein wertvollster Besitz, nein, du, meine Schöne, du bist alles, was ich habe. Ich sorge dafür, dass du es gut hast. Deine Haare werde ich bürsten und mich darum kümmern, dass du bequem liegst. Ich trockne dich ab und wärme dich, damit du nicht frierst. Es tut mir so leid, bitte verzeih mir, Liebes. Ich wollte dir nicht wehtun, ehrlich nicht! Ich hole Lippenstift und male deinen Mund wieder kirschrot, so wie er immer war. Deine Schönheit muss bewahrt werden, ich balsamiere dich ein. Das willst du doch auch? Ja, sag es, sag, dass du es willst. Du wirst für immer bei mir bleiben.

Für immer bei mir sein. Das war unser Traum: In Liebe verbunden für die Ewigkeit. In allen Einzelheiten hatten wir uns ausgemalt, wie es mit uns werden würde. Gemeinsame Kinder wollten wir und ein Haus, mit einem großen Garten, in dem unsere Kleinen spielen können. Mit einer Schaukel und einem kleinen See mit Rosen darin. Ein bisschen Schilf am Ufer, damit wir vor fremden Blicken geschützt sind, so wie hier.

Dich hat doch niemand gehört, vorhin? Nein, ich glaube nicht. Keiner hat bemerkt, wie ich dir die Bluse aufriss und den Rock hochschob.

»Aber ...«, protestiertest du schwach und deine Stimme erstickte, als ich dir den Finger auf die

Lippen legte. Ich zog dich ganz eng an mich, spürte deinen Körper dicht an meinem. Sanft strich ich dir über die Wange, roch den wundervollen Duft deiner Haare. Wollte dich küssen, doch du wandtest dich ab, versuchtest, dich aus meiner Umarmung herauszuwinden.

Was hast du denn gegen mich?

Ich hole dich aus dem Wasser, damit du dich nicht erkältest. Du bist schwerer, als du aussiehst; ich kann dich kaum hochheben. Wir müssen warten, bis es dunkel wird. Ich möchte nicht, dass uns jemand sieht. In deinem Zustand. Schau, die Sonne geht schon unter. Es dauert nicht mehr lange. Wann hatten wir das letzte Mal so viel Zeit füreinander?

Reden wollten wir, darum waren wir hierhergekommen. Ins Grüne, an die frische Luft. Die meiste Zeit hast du schweigend auf einem Stein gesessen, schienst in Gedanken versunken. Den Blick auf den Teich gerichtet, verfolgtest du das Spiel der Moderlieschen und Wasserspinnen. Der eine Satz, den du schließlich stockend über die Lippen gebracht hast, kann nicht dein Ernst gewesen sein. Das darf einfach nicht wahr sein!

Wir waren ungestört, als ich ganz nahe bei dir war und meine Hände um deinen Hals legte. Ich konnte deine Schlagader pochen spüren und sah dir in die Augen, suchte nach einer Erklärung. Dieser mitleidige Gesichtsausdruck veränderte sich nicht.

Deine Atmung geht schneller, dein Puls fängt an zu rasen. Wie ich zudrücke, immer fester. Warum weinst du nicht? Verdammt noch mal, jetzt heul endlich! Auf einmal schlägst du wie verrückt um dich, ringst nach Luft. Versuchst wütend, mich von dir wegzustoßen. Nein, diesmal nicht. Mein Griff bleibt eisern, minutenlang. Nein, ich lasse dich nicht gehen. Das kann ich nicht zulassen! Noch ein letztes Röcheln, dann fällt dein Kopf nach hinten und deine Glieder werden schlaff.

Da habe ich dich losgelassen und du sacktest in dich zusammen, fielst ins Wasser. Ich sprang hinterher, packte dich an den Schultern und schüttelte dich, wollte dich wieder aufwecken. Keine Reaktion. Ich brüllte dich an, doch du gabst keine Antwort. Hart schlug ich dich ins Gesicht, doch es half alles nichts. Du bliebst stur.

Du fragst noch, warum ich nicht anders konnte? Du hast alles zerstört. Du hast gesagt, du liebst mich nicht mehr.

VERTRAU MIR ...

Ich hörte ...
... hörte auf Deine Worte ...

... nur Worte ...

... vertraute Dir ...
... und ließ mich fallen ...
... in Deine Arme ...

... wie ich glaubte ...

... ich hörte das Krachen ...
... als meine Knochen splitterten ...

... doch Du warst da ...

... sahst mich zerschmettert am Boden liegen und lachtest.

ÜBER DAS DANACH

Es war einer dieser Tage, die hinter mir liegen. Einer dieser Tage riss die Freude und die Fröhlichkeit mit sich und alles, was er übrig ließ, war diese Traurigkeit, in der ich beinahe ertrunken wäre. Aber ich habe vor, zu überleben.

»Missbrauch« ist ein hässliches Wort, jeder kennt es. Du weißt nicht, was es bedeutet, missbraucht worden zu sein? Ich werde es dir sagen ...

Die ersten Tage danach wirst du unter Schock stehen und nicht glauben können, dass es wirklich passiert ist. Alle werden von dir verlangen, das Geschehen zu beschreiben, zu erklären, wie es dazu kam. Sie werden mit Gewalt in deine Seele eindringen und dich über deine Gefühle ausfragen. Das ist das zweite Mal, dass du zum Opfer gemacht wirst, weil nicht einmal du selbst deine Gefühle verstehen kannst. Völlig verunsichert und durcheinander wird das Einzige, dessen du dir sicher bist, die Tatsache sein, dass du mit Schrecken und Angst erfüllt bist. Voller Misstrauen gegenüber jedermann. Du wirst die Loyalität deiner Freunde anzweifeln, sie verdächtigen, irgendwie da mit drinzustecken. Über alles andere wirst du dir keine Gedanken machen müssen, weil du es sowieso nicht begreifen wirst. Und du schämst dich dessen.

Bald kennst du deine Geschichte in- und auswendig und erzählst sie jedem, der sie hören will, in den ewig selben Worten. Polizei, Anwalt, Ärzte, Freunde, Verwandte – wieder und wieder. Du bist so routiniert darin, dass es dir mit der Zeit unwirklich vorkommt. So als wäre es gar nicht wirklich so geschehen, als hättest du es dir ausgedacht.

Tagsüber, wenn die Sonne scheint, wirst du lächeln und sagen, dir gehe es gut. Du fährst deine Schutzschilde hoch und blockst alle Einflüsse von außen ab, schaltest auf stur, auf Autopilot. Du kannst kein weiteres »Oh, wie schlimm!« mehr ertragen, weil es dir unter die Nase reibt, dass eben nicht alles okay ist mit dir. Und in der Nacht wirst du nicht schlafen können, weil dann die Albträume kommen. Erst kannst du nicht einschlafen und wenn es dir gelungen ist, schreckst du hoch, nassgeschwitzt. Weil von den vielen mitleidigen Tröstern niemand dich wirklich versteht oder gar deinen Schmerz teilen kann, weinst du einsam in dein Kissen.

Später, wenn dir bewusst geworden ist, dass du kein abgefahrenes Spiel spielst, sondern das da tatsächlich dein Leben ist, kommen der Hass, die Wut und der Frust. Du träumst davon, dich zu rächen, aber weil du genau weißt, dass das auch nichts rückgängig machen kann, wirst du es sein lassen. Niemand kann die Zeit zurückdrehen. Du wirst anfangen, deine eigene Schwäche, deine Ohnmacht zu hassen. Du kannst mir glauben, diejenigen, die dir helfen wollen, sind selber hilflos. Denen geht es auch nicht besser als dir, was das angeht. Sie wissen nicht, was sie sagen sollen, wie sie helfen können. Darum verschließen sie bald die Augen vor dem, was du nicht vergessen kannst.

Als Nächstes kommt die Scham, die dir das letzte bisschen Selbstvertrauen nimmt. Dir wird wieder einfallen, dass dein Körper seltsam reagiert hat. Dass du feucht geworden bist oder einen Ständer hattest. Das ist doch nicht normal, wirst du denken. Doch, das ist es! Irgendjemand wird dir das gesagt haben. Er wird dir erklärt haben, dass der Körper auf Endorphine reagiert und diese ausgeschüttet werden können bei Empfinden sowohl von Lust oder Angst. Aber auch wenn dir das klar ist, wirst du dich trotzdem schämen.

Sobald du dir eingestanden hast, dass du ein Opfer bist, dass du missbraucht worden bist, wirst du dich dafür natürlich noch zusätzlich schämen. Und heimlich wirst du nach Gründen dafür suchen, warum du selber schuld daran bist. Sicher wird dir jeder sagen, dass du nicht schuld bist. Aber das ist es ja gerade. Wenn du schuld wärst, dann hättest du eine Chance. Dann hättest du die Möglichkeit, irgendetwas zu ändern, damit es wenigstens nicht noch einmal passiert! Du könntest dich in Zukunft davor schützen. Aber du bist nicht schuld, sagt dir dein Hirn und dein Herz glaubt ihm kein Wort. Es fühlt sich einfach verdammt noch mal anders an. So weißt du, dass du nicht schuld bist, aber machtlos.

Ob du verzweifelt dagegen ankämpfen wirst, dass die Vergangenheit dich jeden einzelnen Tag deines weiteren Lebens begleitet, darüber zu bestimmen versucht, oder ob du dich damit abfinden, ob du resignieren wirst, das kann ich dir nicht sagen. Das wirst du für dich selbst herausfinden müssen. Für mich ist der Tag, an dem sich der Vorfall jährt, nicht mehr ein Tag der Trauer, sondern ein Tag der Besinnung und des Gedenkens, an dem ich mein Überleben feiere.

Du kannst mir vertrauen, wenn ich dir sage, dass einer der Tage, die vor dir liegen, Freude und Fröhlichkeit zurückbringen wird. Alles, was du dafür zu tun hast, ist, nach vorne zu sehen und den neuen Morgen zu begrüßen.

EIN ECHTER KERL

- bietet eine starke Schulter zum Anlehnen und eine helfende Hand
- braucht auch mal Streicheleinheiten
- zeigt sich in seiner gesamten Bandbreite
- darf auch mal weinen
- braucht keinen Schwanz
- hat Eier genug, mit Titten rumzulaufen, wenn es sein muss
- ...

MEIN GEHEIMNIS

»Yeah - yeah, was geht ab?!«, lachst du mich so oft fragend an. Ich muss schmunzeln, wenn ich daran denke. »Voll konkret krass, Lan«, gebe ich dann meistens in meinem besten Getto-Slang zurück. Dein anerkennendes »Du bist so cool!«, geht mir runter wie Öl. Dieses Lachen von dir, dein Lächeln lässt mich für gewöhnlich alle meine Sorgen vergessen und stattdessen die Sonne in meinem Herzen aufgehen. Es ist so ansteckend, es wirkt jetzt noch nach.

Erinnerst du dich, wie es war, als wir damals Arm in Arm über den Weihnachtsmarkt schlenderten? Wie es sich anfühlte, als ich beiläufig meine Hand von deiner Taille abwärts gleiten ließ? Es schien dir ein wenig unangenehm zu sein, hier vor all den Leuten, doch du entzogst dich mir nicht. Ich streichelte dein wohlgeformtes Gesäß und führte meinen Finger an der Naht deiner Jeans entlang bis zwischen deine Schenkel. Ein spitzer Aufschrei, deine Hand ergriff meine, versetzte sie auf deine Gürtellinie und hielt sie dort fest. Was denn die Leute denken sollten, zischtest du mich an.

Einige Tage später fragte ich dich, was ich denn falsch gemacht habe; und du sagtest nur: »Ich will nicht, dass du so etwas noch einmal tust.«

Ich verstand nicht, warum dies dein Wunsch war, aber ich habe ihn respektiert.

Von da an habe ich dich nicht einmal mehr ungebeten angefasst.

Wie gern spürte ich deine zarte Haut an meiner Wange, söge ich den Duft deiner Haare in mich hinein; wie sehr sehne ich mich danach, dich nur einmal zu berühren, deinen weichen Busen zu liebkosen. Ich möchte dich verführen, deine Sinne berauschen, dich in mein dunkles Reich von Lust und Leidenschaft entführen. Was gäbe ich darum, dich nur einmal küssen zu dürfen, deine Zunge mit meiner zu verwöhnen! Je mehr Zurückweisung ich von dir erfahre, desto mehr begehre ich dich. Zehre von der Wärme, die du ausstrahlst, und lechze nach mehr; doch nach außen zeige ich es nicht. Tapfer wahre ich diese Distanz, ertrage diesen Zwiespalt in mir, wenn du in meiner Nähe bist.

Es sticht mir ins Herz, wenn ich dich mit diesem anderen Mann sehe. Jeden Tag beobachte ich dieses grausame Schauspiel. An ihn lehnst du dich, sinkst ihm vertrauensvoll in die Arme, flüsterst ihm etwas ins Ohr und kicherst. Ich zwinge mich, mitzulachen und meine Eifersucht nicht zu zeigen. Ich will, dass du glücklich und unbeschwert bist und glaubst, ich sei das auch. Wenn du nur mit ihm glücklich sein kannst, dann lasse ich dir die Freiheit, egal wie sehr es mich schmerzt.

Nur für dich lasse ich meine Haare immer noch wachsen, kleidete ich mich neu ein. Um dir zu gefallen, änderte ich mein Verhalten und feile bis heute an meiner Sprache. Für dich stehe ich jeden Morgen auf, scherze und lache.

Doch deine scheinbar unbekümmerte Heiterkeit trügt, schon seit vielen Wochen. Du bist zerbrechlich geworden in letzter Zeit, dein Lachen ist sorgenvollem Stirnrunzeln und immer öfter bitteren Tränen gewichen. Es zerreißt mir das Herz, dich weinen zu sehen; ich kann es nicht ertragen, dass du unglücklich bist. Am liebsten würde ich dich in den Arm nehmen, ganz fest drücken und alles Üble soll ungeschehen sein.

Wenn ich nur wüsste, was der Grund dafür ist. Vielleicht war es eine meiner Andeutungen?

Einmal sagte ich zu dir, ich weiß nicht mehr, wie wir darauf kamen, »Ficken ist blöd.« Du musstest grinsen und meintest, das fändest du auch und warst überrascht, dass ich es genauso sehe. »Es gibt mehr als Ficken …«, erklärte ich dir. Du warst ganz heiß darauf, zu erfahren, was ich damit meinte. »Nein, nicht hier«, wimmelte ich dich ab. Ob in der Schule, wie an jenem Tag, oder anderswo: Ich hätte immer eine Ausrede gefunden. Ich konnte dir doch nicht sagen, wie pervers ich bin. Dass ich darauf stehe, geschlagen zu werden. Dass mich Schmerzen geil machen. Nein, das würdest du nicht verstehen. Versteh mich nicht falsch, ich schäme mich nicht dafür, dass ich so bin. Aber ich möchte dich nicht unnötig verwirren.

Vor einigen Tagen sprach ich dich darauf an, was damals im Winter zwischen uns gewesen war. Ich konnte dir nicht ins Gesicht sehen, mein Blick blieb an dem Kreuz hängen, das du an einer Kette um den Hals trägst. Deine Antwort auf meine Frage war wie ein Schlag ins Gesicht. Du holtest tief Luft, dein Busen hob und senkte sich, und du begannst mit »Wenn du ein Mann wärst ...«, dann brachst du ab und als ich verzweifelt in deinen Augen die Fortsetzung zu lesen suchte, blicktest du schweigend zu Boden. Ich war wie vor den Kopf gestoßen. Mit einem Mal wurde mir wieder bewusst, dass ich im Körper einer Frau gefangen bin. Schlagartig wurde mir klar, dass ich dich ohne einen verdammten Schwanz niemals glücklich machen kann. Diese Worte von dir haben sich in meinem Gedächtnis eingebrannt.

Mein Engel, ich weiß nicht, was deine Eltern dir über das Leben erzählt haben, was für Konventionen sie dir mit ihrer christlichen Erziehung eingetrichtert haben. Was ist das nur für ein Gott, der dir verbietet, mit einer Frau glücklich zu sein? Kann das denn sein Wille sein, dass du verzichten musst, weil die Seele eines Menschen im falschen Körper steckt? Was soll falsch daran sein, wenn eine Frau eine Frau liebt? Ist diese Liebe weniger wert als die zwischen Mann und Frau? Ja, ich liebe dich! Auch wenn ich es dir nie gesagt habe. Wie könnte ich auch, wenn es dir schon solches Unbehagen bereitet, wenn ich nur zärtlich zu Dir bin?

Ich hoffe, du ahnst nichts davon. Ich will dir nicht wehtun. Ich fürchte, dein kleines Herz wäre überladen damit. Du wüsstest nicht, wie du dich mir gegenüber verhalten solltest. Vielleicht würdest du mich sogar meiden. Das kann ich nicht zulassen. Nein, es darf nicht sein. Ich gehe nicht weit fort, nur in eine andere Stadt. Du musst dir keine Sorgen mehr um mich machen. Ich möchte dich beschützen vor all dem Bösen in der Welt, alle Probleme und Problemchen von dir fernhalten.

Und genau darum muss ich dich vor mir selbst beschützen. Ich darf dich nicht zusätzlich belasten. Darum kann, will und werde ich es dir nicht sagen, was ich fühle. Diesen Brief werde ich verbrennen, damit er nicht in die falschen Hände gerät und mein Geheimnis vom Feuer gut behütet bleibt.

In Liebe, B.

ERKENNTNIS

AUDIO – VIDEO – DISCO

Am Anfang war das Wort.

0 – 1
ja – nein
W – O
links – rechts
heiß – kalt
schlagen – streicheln
himmelhoch jauchzend – zu Tode betrübt
piano – forte
schwarz – weiß

Das Dazwischen traf sie unerwartet mit nie
gekannter Wucht.
Eva blinzelte.

0 – 0,5 – 1
ja – weißnicht – nein
W – N – O
links – Mitte – rechts
heiß – lau – kalt

schlagen – küssen – streicheln
Freude – Gleichgültigkeit – Trauer
piano – mezzoforte – forte
gelb – blau – rot

Langsam gewöhnten sich ihre Augen an die
verschiedenen Farben.
Ihre Sinne schärften sich, sie wurde neugierig ...

0 – 0,25 – 0,5 – 0,75 – 1
dafür – möglich – irrelevant – unwahrscheinlich – dagegen
W – NW – N – NO – O
links – sozialistisch – liberal – konservativ – rechts
heiß – warm – lau – kühl – kalt
schlagen – fesseln – küssen – umarmen – streicheln
Liebe – Zuneigung – Ausgeglichenheit – Abneigung – Hass
pianissimo – piano – mezzoforte – forte – fortissimo
gelb – grün – blau – lila – rot

Jetzt hatte sie Blut geleckt.
Gab es da noch mehr?

0 – 0,125 – 0,25 – 0,375 – 0,5 – 0,625 – 0,75 – 0,875 – 1

Und er sah, dass es gut war.

HERR OTTO MAYER

»Mayer, schönen guten Tag, ich möchte ein Auto reservieren. Von Hamburg nach Hamburg, übers Wochenende 12. bis 14. November.«

»Gern, wie war der Name noch mal?«

»Otto Mayer. Mit A und Ypsilon.«

»Ja, Frau Otto-Mayer, und der Vorname?«

Hatte er undeutlich gesprochen? »HERR Mayer. Mein VORname ist OTTO.« Spätestens jetzt war er sich sicher, dass es nicht auf eine am anderen Ende schlechtere Verbindung zu schieben war.

»Ach so, Entschuldigung. Frau Herrmayer, wie ist Ihr Vorname?«, flötete es.

»HERR – OTTO – MAYER!«, korrigierte er überdeutlich und unnötig laut, »Anrede: Herr! Nachname: Mayer! Vorname: Otto!«

»Oh, Entschuldigung. Ich verstehe, Sie fahren also gar nicht selbst. Wen darf ich als Fahrer eintragen?«

»Ich fahre selbst«, sagte er, jetzt ganz ruhig, »Otto Mayer, der bin ich.«

Stille in der Leitung. Er konnte das Tippen im Hintergrund hören.

»Gut, dann gebe ich Ihnen jetzt die Reservierungsnummer, Herr Mayer.«

In der Bäckerei.

»Die Dame?«

Otto sah sich um: Er stand als Einziger an der Theke. Die Verkäuferin sah ihn direkt an.

»Die Dame«, wiederholte sie, »Sie wünschen?«

Nenn mich nicht 'Dame', dachte er. »Das Angeschobene bitte. Am Stück«, bestellte er.

»Sonst noch einen Wunsch?«

Den kannst du mir nicht erfüllen. »Danke, nein.«

Er klemmte sich das Brot unter den Arm und verließ den Laden. Er zündete sich eine Zigarette für den Weg an und wandte sich zum Gehen.

»Kollege, haste mal Feuer für mich?«, sprach ihn ein Passant an.

Otto hatte das Feuerzeug noch nicht weggesteckt und reichte es lächelnd weiter. »Klar.«

Das Leben ist schön.

Otto wusste nicht recht, was er in sein Tagebuch schreiben sollte.

Heute war ein ganz normaler Tag gewesen. Doch, da fiel es ihm wieder ein. Der nette Mann, der ihn um Feuer gebeten hatte. Also schrieb er:

- Auto reserviert
- Brot geholt
- Passing gehabt

Anmerkung: Der Wunsch transsexueller Menschen nach »Passing« ist der nach Anerkennung als Zugehöriger des eigenen Geschlechts trotz abweichender körperlicher Geschlechtsmerkmale.

THERAPIE

»Frau, äh, Herr Mayer ...« Mein Therapeut sollte es eigentlich wissen. Vielleicht macht er es mit Absicht, um meine Reaktion zu testen. Wenn ich ihn frage, wird er es ohnehin abstreiten.

»Frau Zimmerdorf?« Aufgesetztes, betont unschuldiges Wimpernklimpern meinerseits.

Er macht zuerst ein verdutztes Gesicht, fängt sich dann aber und seine Züge gehen in ein breites Grinsen über. »Sie wollen mich testen, jaja.« Er nickt zu seiner eigenen Schlussfolgerung.

»Nein«, schüttele ich den Kopf. »Ich will nur, dass Sie eine Vorstellung davon haben, wie das für mich ist.«

»Ich habe mich versprochen. Es tut mir leid. So was kommt schon mal vor.« Es tut ihm leid. Und damit ist die Sache für ihn gegessen. Für mich nicht.

»So was sollte aber nicht vorkommen, Herr Zimmerdorf. Ich habe schon genug Probleme damit.«

Mittlerweile sieht er im Zwei-Minuten-Takt hoch zur Uhr hinter mir an der Wand, es muss nach halb sein. Die Stunde endet um zehn vor. Jetzt bleibt keine Zeit mehr, noch in die Tiefe einzusteigen. Das habe ich wieder gut hingekriegt, heute keine Heulerei.

»Ich will Sie ja nur darauf vorbereiten, dass es auch mit anderen Mitmenschen zu Konflikten kommen kann. Wie gehen Sie damit um?«

Ich sehe zu Boden. Als ob da unten die Antwort läge. Mir ist die Fragerei unangenehm, aber ich komme nur mit Reden daran vorbei. Jedes Schweigen meinerseits gibt ihm die Gelegenheit, mir Vorträge zu halten oder Fragen zu stellen. Und dabei bin ich eigentlich schlagfertig. Als ich ihn ansehe, gleitet sein Blick wieder zur Uhr.

»Na gut. Überlegen Sie sich das bis zum nächsten Mal.«

DAS ENDE EINER MÄNNERFREUNDSCHAFT

Lieber Martin,

ich weiß es noch wie gestern, als wir im letzten Winter zusammensaßen und es mir so dreckig ging, dass ich mit dir auf der Stelle den Körper tauschen wollte, was du dankend – auch unter Verweis auf die Schwierigkeiten der Realisierung – abgelehnt hast, weil das für dich auch nicht das Richtige gewesen wäre. Jetzt hast du deinen doch verlassen.

Vor zwei Wochen erhielt ich eine E-Mail, die im Betreff nur deinen Namen hatte, und sofort setzte mein Herz aus. Meine Befürchtungen bestätigten sich, als ich las, du seist als Notfall ins Krankenhaus eingeliefert, dort in ein künstliches Koma versetzt worden und die Sache sei sehr ernst.

Wir beide wussten, dein nächster Krankenhausaufenthalt würde dein letzter sein. Du wolltest es nicht, nicht so.

Deine Eltern haben es dir so gut vorgemacht: Dein Vater ist sanft entschlafen in seinem Lesessessel, dem Ort, an dem er sich stets wohl und geborgen fühlte.

Und deine Mutter hat wie immer ihren Willen gekriegt.

Warum nur musstest du immer den harten, steinigen Weg gehen, alter Haudegen?

Ich mag mir gar nicht ausmalen, welche Ängste du ausgestanden haben musst, weil du alles um dich herum mitbekamst und doch nicht entfliehen konntest, bevor man dir das Bewusstsein entriss.

Du konntest erahnen, welch Pein mich plagen musste, dass ich mich freiwillig in ein solches Haus begab und mich dort unters Messer legte. Ja, mich sogar neben einer leichten Nervosität auf den Termin freute!

Nach dem Eingriff geht es mir jetzt so gut, ich bin einfach glücklich, ich lebe.

Ich find' es knorke, dass du dir echt alles aus dem Leben rausgeholt hast, was da für dich drin war. Du warst mir damit ein großes Vorbild und hast mich geprägt. Dafür danke ich dir von ganzem Herzen.

Das ist einfach nicht fair, dass es dir keinen Ausweg gab. Du warst weiterhin in deinem verfallenden Körper gefangen, der dich zunehmend einschränkte. Seit du dein Auto nicht mehr erreichen konntest, ging es dir zusehends schlechter.

Oh, wie oft hatte ich mir vorgenommen, mit dir am Fernsehbildschirm Autorennen zu fahren. Wenigstens ein bisschen Ersatz, eine Illusion. Und habe es doch nicht getan, stets waren mir andere Dinge wichtiger.

Wie froh bin ich, dass ich die im wahrsten Sinne des Wortes letzte Gelegenheit beim Schopfe packte und dich besuchte, als die Eifel auf meinem Weg lag.

Ich bin erleichtert, dass du jetzt alle Leiden hinter dir lassen durftest.

Aber ein »Na endlich« wäre mit Sicherheit keine angemessene Replik gewesen auf die per SMS übermittelte Nachricht, die ich seit Erhalt besagter E-Mail mit jedem Telefonklingeln und jeder neuen Message erwartete.

Ach Mensch, mein Lieblingsonkel, ich werde dich vermissen und doch immer in meinem Herzen bei mir tragen. Ich bin dankbar, dass ich dich noch so lange begleiten durfte, nachdem wir uns auf der Goldhochzeit meiner Großeltern kennengelernt hatten, besser spät als nie.

Und dass du mich getragen hast bis hierher. Sonst wäre ich nämlich noch vor dir gegangen und das hätte nicht sehr fein ausgesehen.

Woher du diese Kraft genommen hast, ist mir unbegreiflich.

Wie oft habe ich dich vor den Kopf gestoßen und dir auf die Füße getreten in blinder Wut und panischer Angst. Diese Schwächen hast du mit Größe abgefangen, an die ich mich anlehnte, gabst mir Wärme, Zuversicht und Trost, aus denen Mut erwachsen konnte.

Mit und an dir bin ich gewachsen und schließlich erwachsen geworden.

Du warst mir mehr als Onkel, auch offenes Ohr, beratender Mentor, schützender Engel, bester Kumpel, weißes Schaf und der Inbegriff der Kraft, die in

der Ruhe liegt. Und nicht zuletzt auch einer meiner Väter. Macht nix, bleibt ja in der Familie. ;)
(Nein, nicht so, wie Ihr jetzt denkt.)

Ich mag deinen Humor und die Schnodderschnauze, die uns beiden eigen ist, schätze deinen unschlagbaren Kampfgeist und überhaupt habe ich das Gefühl, den einzigen Bluts- und Seelenverwandten in Personalunion verloren zu haben.

Ich hab dir das zwar nie gesagt, wie sehr ich dich liebe, aber ich bin überzeugt davon, dass du es trotzdem gespürt hast, weil wir uns so oft auch ohne viel Worte verstanden haben.

Auch wenn das »für Mädchen« ist, ich kann jetzt endlich weinen.

Endlich, nachdem ich zwei Tage lang innerlich geschrien habe wie ein waidwundes Tier und anderen Menschen wider Willen wehgetan habe, weil ich die letzten Tage nur noch auf Automatik fuhr. Das Tanzen heute Nacht, bis mir alle Knochen wehtaten, hat mir gut geholfen; dadurch fühle ich mich Dir nahe.

Die Tränen rinnen, tropfen und trocknen und das tut gut.

Hey, Martin, du bist doch bestimmt mit von der Partie bei deiner Abschiedsparty?

Wär kuhl, ich bin auf jeden Fall dabei.

Noch mal danke für alles und hau rein, Alter.

Wir seh'n uns. Irgendwann.

Wenn die Zeit gekommen ist.

TRAUMHAFT

Die Rolle der Frau im Berufsalltag verlangt einen Spagat zwischen der Gleichstellung mit Männern und der Rückbesinnung auf ihre geschlechtstypischen Stärken und Schwächen.

Bullshit! Ich ließ das Manuskript für meine Rede anlässlich des Mädchen-Zukunftstags sinken. Warum hatte ich mich von meiner alten Klassenkameradin dazu breitschlagen lassen? Ausgerechnet ich! Ich war keine Frau. Ich war ein Mann, der in einem Frauenkörper steckte. In meinen Papieren prangte der Name »Juliane Grüner«. Frau Grüner war eine erfolgreiche Frau in den Vierzigern, die sich als Kfz-Mechanikerin einen Namen gemacht hatte und Inhaberin einer gut gehenden Werkstatt war. Das »als Frau« in einer Männerdomäne erreicht zu haben, fanden viele respektabel. Von denen wusste niemand, dass mich »Frau Juliane Grüner« nur von außen beschrieb und mir in keiner Weise entsprach.

In meinem engsten Umfeld hatte ich mich als Transmann erklärt und meine Freunde nannten mich »Holger«. Auch wenn es mit den Pronomen holperte, fühlte ich mich angenommen.

Jetzt saß ich im Berliner Hotel »Zum verwirklichten Traum« und sollte morgen früh als Juliane einen Vortrag darüber halten, wie ich »als Frau«

Karriere gemacht hatte, und anderen Frauen – nein, Frauen, ich selbst war ja keine – damit als Vorbild dienen. Ich fühlte mich wie ein Wolf im Schafspelz, der über etwas sprechen sollte, von dem er keine Ahnung hatte. Wie erlebten denn Cisfrauen ihren Arbeitsalltag?

»Guten Morgen, Berlin! Es ist gleich sieben Uhr. Wir haben Mittwoch, den 27. April, heute wird es 26 Grad. Der richtige Tag fürs Freibad! Passend dazu spiele ich jetzt für euch als letzten Song vor den Nachrichten von Juli ›Die perfekte Welle‹.«

Ich rekelte mich im Hotelbett, während ich den Klängen dieses Sommerhits lauschte. Im Freibad war ich das letzte Mal gewesen, als ich noch in Badehose gehen durfte. Alles nur wegen dieser verdammten Dinger da oben. Ich sah in Richtung meiner Füße und stutzte. Wo sich gestern Abend noch Wölbungen unter der Bettdecke erhoben hatten, war es jetzt verdächtig flach. Dafür gab es eine Erhebung weiter unten. Ich schlug die Decke zur Seite und berührte mich. Mein Genital fühlte sich viel besser an, als ich es mir je ausgemalt hatte. Oh Mann! Zu allem Überfluss hatte ich einen Waschbrettbauch. Die Brust war flach, aber anders als früher. Härchen kräuselten sich um die Brustwarzen. Sehr sexy. Das musste ich mir im Spiegel ansehen!

Was ich sah, überraschte mich nicht. Ein wahrer Adonis. Lange dunkelbraune Haare hatte ich schon gestern. Jetzt glotzte mich ein Mann im Spiegel an. Ziemlich dämlich zwar, aber lieber ließ ich mich von einem Kerl anglotzen als von diesem Frauengesicht.

Was ich sah, gefiel mir. Ich hatte einen leichten Bartschatten. Wenn ich über die Wange strich, fühlte sie sich in einer Richtung glatt an und in der anderen rau. Wie frisch rasiert. Perfekt.

Mir fiel eine Zeile aus einem Song der Onkelz ein: *Seid vorsichtig beim Träumen, sonst werden sie wahr.*

Das musste ich sofort Manuela erzählen! Ohne nachzudenken griff ich zu meinem Telefon auf dem Nachttisch.

»Krawattsky?«, meldete sie sich verschlafen.

»Hallo Manu!«, quasselte ich. »Holger hier. Du glaubst nicht, was mir heute – «

»Wer ist da?«

»Juliane«, brummte ich. Eigentlich hatte sie das mit dem neuen Namen gleich von Anfang an auf die Reihe gekriegt.

»Sie hören sich nicht an wie eine Juliane.«

»Ich bin heute Morgen als Mann aufgewacht, also so richtig mit allem Drum und Dran und meine Stimme ist auch tiefer geworden und – «

»Wer sind Sie und wie kommen Sie an diese Nummer?«, fragte sie scharf.

Fuck! Meine beste Freundin erkannte mich nicht. Wie sollte sie auch? Das kam zu schnell. Die geplante Vermännlichung durch Testosteron hätte sich über mehrere Jahre hinweg entwickelt. So hätten alle die Chance gehabt, sich umzugewöhnen. Ich würde Manu auch nicht wiedererkennen, wenn sie sich über Nacht in einen Mann verwandelte.

»Hören Sie auf, in den Hörer zu schnaufen«, entrüstete sich meine Beste. »Das ist ja widerlich!«

Gleich würde sie zur Trillerpfeife greifen.

»Ich habe doch nur geatmet.«

»Sie perverses Schwein!«, kreischte sie, bevor ich auflegte. Wieso war man als Mann gleich ein Täter? Als ich mich in ihre Situation hineinversetzte, überflutete mich eine Welle zärtlichen Mitgefühls. Offiziell gesehen hatte ich mich seit meiner Abreise noch nicht bei ihr gemeldet. Ich schickte ihr eine längst überfällige SMS.

Bin gut angekommen. Sonne scheint. Hab dich lieb. Holger

Das Handy piepte.

So ein Verrückter hat mich eben geweckt. ;(((Hat sich am Telefon einen runtergeholt. Der sollte sich mal behandeln lassen.^^ Viel Erfolg beim GirlsDay. Bussi Manu

Ich brauchte wirklich Hilfe. Professionelle Hilfe.

Mit klopfendem Herzen klingelte ich bei der Praxis. Es öffnete ein Herr mit Halbglatze und weißem Rauschebart. Sein Händedruck war angenehm und sein Lächeln warm.

»Es freut mich, dass Sie so kurzfristig Zeit hatten«, bedankte ich mich atemlos.

»Für Notfälle habe ich immer Lücken in meinem Terminkalender.«

Er sah mich mit wachen Augen an.

Mit zitternden Fingern überreichte ich ihm meine Krankenversichertenkarte. Hoffentlich akzeptierte er sie, sonst würde ich in bar zahlen müssen. Er nahm sie und las sie ein. Geschafft.

Ich ließ mich in einen bequemen schwarzen Ledersessel plumpsen. Er nahm mir gegenüber Platz und schlug die Beine übereinander. Dabei fiel mir auf, dass ich breitbeinig saß wie immer. Ich versuchte, die Beine züchtig zu schließen, hielt aber nicht lange durch.

»Was führt Sie zu mir, Frau Grüner?«

Ich platzte mit der ganzen Geschichte heraus. Sein Gesichtsausdruck blieb unverändert freundlich, während er aufmerksam zuzuhören schien und ab und an bedächtig nickte.

»Sie sind seit der Pubertät in der Rolle einer Frau aufgetreten, fühlen sich seit heute wohl in Ihrem männlichen Körper und Ihr Problem ist, dass Ihr Umfeld Sie als Mann nicht wiedererkennt«, fasste er zusammen.

»Richtig. Ich fühle mich entwurzelt, von meiner Vergangenheit abgeschnitten. Dazu kommt, dass alle meine Ausweise auf weiblichen Namen sind. Was kann ich tun?«

»Sie stellen den Antrag auf Vornamens- und Personenstandsänderung beim zuständigen Amtsgericht, schlagen dabei zwei unabhängige Gutachter vor, mit denen Sie über Ihre Transidentität sprechen, und wenn diese Ihre Geschlechtsidentität bestätigen, also andere psychische Erkrankungen ausgeschlossen werden können, dann ergeht ein Urteil. Sie warten die Rechtskraft ab und damit können Sie den neuen Ausweis beantragen.«

Ich kannte die Details. Schließlich hatte ich recherchiert, bevor ich mir einen Therapeuten gesucht hatte. Mir fehlte nur noch die Indikation für die Hormone. Der Endokrinologe stand in den Startlöchern. Was der Therapeut vorschlug, würde daran scheitern, dass mein Auszug aus dem Geburtenregister jungfräulich war und keine handschriftlichen Notizen von der von ihm vermuteten ersten Änderung von männlichem auf weiblichen Vornamen aufwies.

Ich lächelte freundlich und gab vor, ihm aufmerksam zuzuhören.

»Für die Übergangszeit empfehle ich Ihnen, einen Ergänzungsausweis bei der Deutschen Gesellschaft für Trans- und Intersexualität zu beantragen. Das kann dabei helfen, wenn Sie sich outen müssen, weil man anhand Ihres Aussehens nicht vermutet, dass der Ausweis wirklich Ihnen gehört.«

Ein dgti-Ausweis würde mir bei dem Problem mit Manu nicht helfen.

»Seit Ihrem ersten Wechsel hat sich im Bereich des TSG einiges getan. Eine bestehende Ehe muss nicht mehr aufgelöst werden. Sie dürfen Ihre Fortpflanzungsorgane behalten; es gibt also heute keine ›Zwangskastration‹ mehr.« Seine Hände, die eben noch Gänsefüßchen bei ›Zwangskastration‹ angedeutet hatten, sanken auf seinen Schoß.

»Hören Sie, es ist nicht so, wie Sie denken.«

»Wie ist es denn?«

Gute Frage. Wenn ich zu deutlich wurde, würde er mich möglicherweise wegen Wahnvorstellungen einweisen. Das wollte ich nicht riskieren.

»Ich möchte einfach nur …« Ich kratzte mich nachdenklich am Kopf.

Ja, was wollte ich eigentlich? Ich hatte doch das, wovon ich immer geträumt hatte. Einen Astralkörper mit richtigem Penis aus Fleisch und Blut anstatt einem Plastikschwanz, den ich mir erst umbinden musste. Ich seufzte.

»Ich hatte mir das anders vorgestellt. Meine Vergangenheit gehört zu mir, verstehen Sie? Meine Identität besteht nicht nur aus meiner Geschlechtsidentität. Und ich will nicht völlig aus meinem sozialen Kontext herausgerissen werden. Meine Freunde sind schon verwirrt genug und jetzt erkennen sie mich überhaupt nicht mehr wieder. Ich weiß nicht, ob Sie mir helfen können.«

»Gehen wir das Ganze einmal gedanklich durch. Stellen Sie sich vor, Sie wachen morgen früh im Hotel auf. Was wäre anders?«

Daran hatte ich noch gar nicht gedacht.

»Alles.«

»Erzählen Sie mal«, forderte er mich auf.

»Ich würde wieder aussehen wie eine Frau, damit ich wiedererkannt werde. Lieber ein mir vertrautes falsches Etikett als eine völlig fremde Identität, mit der ich mir alles von Null an neu aufbauen muss. Verstehen Sie? Das mit dem passenden Körper ist traumhaft, funktioniert für mich aber nur, wenn ich auf einer einsamen Insel leben würde. Lieber laufe ich noch eine Weile mit Titten rum. Die kann ich durch eine Mastektomie entfernen lassen. Ohne die Gutachten, auf die ich monatelang warten muss, geht es nicht. Ich sitze anderthalb Jahre Pflichttherapie ab und lasse mir von der Kasse die Brust-OP bezahlen. Den Penis behalte ich. Was in meiner Hose ist, geht niemanden etwas an.«

Ich wollte mein bisheriges Leben nicht aufgeben und ganz von vorne anfangen, wie es einige machten.

Mich störte nur diese Inkongruenz, weil mein Körper und meine Seele bis gestern nicht zusammen- gepasst hatten.

»Guten Morgen, Berlin! Es is-«

Mit einer Handbewegung brachte ich das Gerät zum Schweigen.

Ich dachte daran, welche Rede ich heute halten würde. Es war wichtig, den Mädels die Botschaft zu vermitteln, dass sie nicht wegen ihres Geschlechts, sondern unabhängig davon Respekt verdient hatten.

FREIWILLIG SCHWUL WERDEN?

»Bist du jetzt homophob oder was?« Spielerisch hob er die Faust.

»Nein, Florian. Nur weil ich über mich sage, dass ich mir diese Frage stellen musste? Das heißt nicht, dass ich es auch dir unterstelle.«

»Das hört sich aber verdammt danach an. Als hätte man eine Wahl.« Er spuckte die Worte aus.

Ich sah mich in der beliebten Szenekneipe um. Noch hatte niemand aufgehorcht. »Ganz ruhig, Flo.« Ich mochte ihn gern, aber es war manchmal schwierig, mich ihm verständlich zu machen, ohne ausfallend zu werden. »Ich versuche gerade, dir etwas anzuvertrauen, das ich nicht jedem auf die Nase binde. Vielleicht ist dafür noch nicht der richtige Zeitpunkt.« Forschend ließ ich meine Augen über sein Gesicht wandern. Wie würde seine Reaktion auf meine Offenbarung ausfallen?

»Nix da, Tim, jetzt hast du mich neugierig gemacht, nun will ich es wissen. Unser erstes Treffen von Angesicht zu Angesicht hast du auch schon so oft verschoben.«

»Ich habe es nicht verschoben, ich habe nur nicht sofort ja gesagt. Das ist ein Unterschied. Wir haben nur wenig miteinander geschrieben, im Grunde kennen wir uns nicht.«

Er wiegte den Kopf hin und her, grinste und nickte dann mit einem hinreißenden Augenaufschlag. Diese Wimpern! »Aber das macht es doch so interessant.«

Ich zog die Augenbrauen zusammen. Es war bisher so gut gelaufen, ich wollte ihn jetzt nicht verlieren. »Also gut. Schicken wir vorweg, dass wir uns beide einig sind, dass man sich seine sexuelle Präferenz nicht aussuchen kann. Damit meine ich, auf wen oder was man steht. Wenn man auf Männer steht, kann man sich nur aussuchen, ob man mit Männern Sex haben will oder nicht. Nicht, ob man auf sie steht.«

Mein Gesprächspartner hatte mir geduldig zugehört, ohne mich zu unterbrechen. »Ich weiß, was sexuelle Präferenz ist.«

»Sorry, ich begegne häufig verständnislosen Gesichtern, wenn ich solche Begriffe in den Mund nehme.«

»Dann drück dich doch gleich klar aus.« Er pikste mir mit einem Finger in die Brust.

»Dann hören sie mir nicht zu.« Ich streckte ihm die Zunge raus.

Flo lachte. »Pass bloß uff, du!«

Ich setzte zu einer längeren Erklärung an, die er hoffentlich nicht in den falschen Hals bekam. »Also: Für mich war es immer selbstverständlich, Männer lieben zu dürfen, und mich nach Belieben mit ihnen in der Öffentlichkeit zu zeigen, händchenhaltend. Ich durfte die Erfahrung machen, dass meine Eltern mich dabei unterstützten, meine ersten Schritte auf das selbe Geschlecht zuzumachen. Meine Mutter bürgte für mich, als ich die erste gemeinsame Wohnung mit einem Partner nahm, im Freundeskreis erzählte sie gern von mir – ich schweife ab.«

»Beneidenswert.« Nachdenklich setzte Flo sein Basecap ab, um sich durchs Haar zu fahren und es gleich darauf wieder aufzusetzen.

»Das sollte es nicht sein. Es sollte selbstverständlich sein. Für alle. Aber gut, das ist wieder ein anderes Thema.«

»Was ist dann das Thema?«

Ich holte tief Luft. Wenn ich es jetzt nicht wagte, dann nie. »Denk mal an deine Pubertät.«

»Auweia, Hormone!« Er zog sich den Schirm tief in die Stirn »Das warn noch Zeiten. Was ich da fürn Unsinn angestellt hab. Junge, Junge. Und immer die Angst, von meinen Eltern mit meinem Schwarm auf Tuchfühlung erwischt zu werden.«

Flos Augen glänzten, also schwieg ich dazu.

»Ja. Hormone«, sagte ich und senkte den Kopf. »Wie hat sich dein Körper verändert?«

»Na ja, das Übliche. Körperbehaarung, Stimmbruch, Bart.«

Ich rückte etwas näher an ihn heran. Mein Herz klopfte bis zum Hals. »Bei mir wuchsen statt Bart Brüste, und während ich noch vom Stimmbruch träumte, ereilte mich die erste Monatsblutung.« Schmerz und Ekel wallten in mir hoch bei diesem Geständnis.

»Was, du warst mal eine Frau?!« Beinahe stieß er sein Bier um.

Ich wandte meinen Blick ab und starrte auf den Tresen. Diese achtlos ausgesprochenen Worte trafen mich tief und Demütigungen überrollten mich erneut. Von aller Welt war ich als Frau angesehen worden, so wie ich als Kind in die Rolle des Mädchens gedrängt wurde, obschon ich mich selbst klar als Junge erkannte. Von Geburt an strafte mein Körper mich Lügen. Es gibt so vieles, das ich nicht teilte mit der Biografie anderer schwuler Männer. Florian konnte heute davon nichts mehr sehen, das heißt: noch nicht, falls wir uns näher kommen sollten. »Einigen wir uns darauf, dass ich mal so ausgesehen habe wie eine Frau«, entgegnete ich schwach.

»Aber wie kann das denn ...«, murmelte Flo jetzt betroffen. »Wie kann das passieren, dass ein Mann als Mädchen geboren wird?«

Bei dieser Frage musste ich herzlich auflachen. Normalerweise wird mir die umgekehrte Frage gestellt, die auf Details der geschlechtsangleichenden Maßnahmen abzielt und stets das bei der Geburt zugewiesene Geschlecht als das richtige hinstellt.

»Du, das weiß man nicht.« Ich legte ihm die Hand auf die Schulter. »Eine der Theorien besagt, dass es mit Schwankungen des Hormonspiegels während der Schwangerschaft zu tun hat, aber das ist noch nicht ausreichend erforscht. Die anderen Erklärungsmodelle habe ich vergessen.«

»Na Hauptsache, man kann was dagegen tun.« Darauf hob er sein Glas und wir stießen an. Eine Weile saßen wir schweigend da, hielten uns an unseren Getränken fest und vermieden es, uns anzusehen. Schließlich fragte er: »Möchtest du tanzen?«

Ich wusste nicht gleich, was ich darauf erwidern sollte. Dass das Lokal über eine kleine Tanzfläche verfügte, war mir bisher entgangen, so sehr beanspruchte Florian meine Aufmerksamkeit.

»Das ist ein Tango.«

»Ich kann nur Discofox.« Und ich kannte nur den Part für die Damen.

»Das ist ganz einfach, ich zeigs dir. Möchtest du Führen oder Folgen?«, fragte er routiniert.

Führen konnte ich einen mir unbekannten Tanz wohl schlecht. »Folgen.«

Wir bauten eine Verbindung zueinander auf und bewegten uns gemeinsam zur Musik. Er sah an mir vorbei in den Raum und steuerte uns sicher durch die anderen Tanzpaare. Beim dritten Lied gelang es mir, mich zu entspannen und die Umarmung zu genießen. Ich legte meinen Kopf an seine Schulter, er zog mich dichter an sich.

Viel zu schnell setzten wir uns wieder an den Tresen.

»Dann erzähl mal, Tim. Wie war das jetzt mit dem ›freiwillig schwul werden‹? Das habe ich noch nicht ganz verstanden.«

»Ach so, ja.« Mir wurde siedend heiß. »Na ja, mir gings halt zunehmend schlechter in der weiblichen Rolle. Und da musste irgendwann eine Entscheidung her. Ich wusste ja, wenn ich als ›Frau‹ weitermache, dann werde ich als hetero angesehen und sobald ich durch die Transition durch bin und als Mann anerkannt werde, erkennt man mich als schwul, falls ich das nicht bewusst kaschiere. Zum Beispiel, wenn ich mit einem Mann tanze, wie mit dir eben, oder wenn wir auf einer Parkbank sitzen und uns küssen oder wenn wir beim Einkaufen Händchen halten. So meinte ich das vorhin. Viele schwule Paare vermeiden das ja bewusst, um nicht aufzufallen. Ich will mich aber nicht verstecken müssen.«

»Transition?«

»Geschlechtsangleichung. Sorry.« Innerlich rollte ich mit den Augen, weil ich mir schon wieder das Schild mit der Aufschrift Trans*-Auskunft auf die Stirn gepappt hatte.

»Schon okay. Ich lerne gerne von dir.« Er grinste schelmisch. »So eine Entscheidung trifft sich sicher nicht leicht, hm?« Seine Augen blickten besorgt, nicht sensationsgeil.

Da ich mir mittlerweile mehr mit ihm vorstellen konnte, erzählte ich es ihm. Ich betete, dass Flo keiner von denen war, die es einmal mit einem Transmann tun wollten, um dieses exotische Etwas auf ihrer Liste abhaken zu können. »Mein Entscheidungsfindungsprozess war verbunden mit Schmerz und auch sehr viel Angst. Es geht, nein ging, natürlich um die Frage: Geschlechtsangleichung ja oder nein? Und da hängt eben die Frage dran, alles Gewohnte aufzugeben für eine ungewisse Zukunft, in der ich mich als Schwuler möglichen Anfeindungen aussetze. Ich meine, du weißt ja, was man so hört. Hassverbrechen nehmen wieder zu.« Ich schluckte. »Entschuldige. Mich gedanklich mit der Zeit meiner Transition zu befassen, zieht mich meist runter. Auch wenn das zwölf Jahre her ist, es tut immer noch weh, da hinzusehen. Und damit meine ich nicht meine Narben an der Brust.«

»Schon klar. Seelisch.« Flo legte seinen Arm um mich. Mir wurde heiß und kalt. Er schaffte es, nicht dieses vor Mitleid triefende Gesicht zu machen, blieb einfach entspannt und strahlte Ruhe aus.

Ich atmete tief durch und griff auf einige Zeilen aus meinem letzten Vortrag zurück. »Wir alle treffen tagtäglich Entscheidungen, sehr viele sogar, aber die wenigsten müssen sich damit auseinandersetzen, ob sie Männlein oder Weiblein sind. So etwas weiß man einfach. Und so ist es auch bei uns, die eben wissen, dass ihr körperliches Geschlecht und davon abhängig die Rolle, in die man gedrängt wird, nicht zu ihrer Geschlechtsidentität passt. Trotzdem zweifelte ich an meinem Verstand. Es war zu meiner Zeit üblich, dass man seinen Vornamen nur ändern durfte, wenn man dies bei Gericht beantragte und zwei unabhängige ärztliche Gutachten vorlegte, die bestätigten, dass eine Transsexualität vorliege. Um den Personenstand ändern zu können, musste Fortpflanzungsunfähigkeit vorliegen.«

»Wie bitte?« Flo pfefferte sein Cap auf den Tresen.

»Man sollte keine Kinder bekommen können. Warum, das weiß ich gar nicht. Im TSG – ein Gesetz, so alt wie ich selbst – steht drin, dass die Antragsteller fortpflanzungsunfähig sein müssen, damit der Geschlechtseintrag korrigiert, also in meinem Fall von weiblich auf männlich geändert werden kann.« Ich lachte. »Vor meiner Zeit mussten sogar Ehen aufgelöst werden und im Augenblick ist im Gespräch, ob im neuen Gesetz der Ehepartner ein Mitsprache-recht hat.« Kopfschüttelnd sah ich Flo an.

»Das ist ja heftig.«

Ich zuckte mit den Schultern. Für mich war das immer nur ein Formerfordernis gewesen. Mich den Gutachtern zu stellen, die mir meine ureigenste Entscheidung abnahmen, hatte mich weit mehr belastet.

Er wartete den Takt ab und stieg wieder ein.

»Ja, für viele sind Kinder wichtig ... aber ich würde nie und nimmer eins austragen wollen. Ich hab sogar damals noch die Gelegenheit gehabt, mit dem Chirurgen war schon alles abgeklärt und so, da haben sie das Gesetz geändert und ich hätte meine Eierstöcke behalten können, aber ich wollte nicht. Ich hatte einfach viel zu viel Angst vor einer Schwangerschaft. Die hatte ich schon immer. Ich wollte mir ja eigentlich schon mit 22 das ganze Zeug rausnehmen lassen ...«

»Oh Mann.« Flo schüttelte den Kopf.

»Und das ist nur der Papierkram. Ist das zu viel für dich? Ich drifte zwangsläufig immer etwas ab, weil diese Erinnerungen alle so miteinander verzahnt sind.«

»Nein, schon okay. Ich arbeite in der Pflege. Ich kann was ab.« Er lächelte mich ermutigend an.

»Okay. Willst du operiert werden, dann verlangt die Krankenkasse nicht nur diese blöden Gutachten, obwohl sie die gar nicht beanspruchen dürfen, sie setzen obendrein eine sogenannte Begleittherapie von anderthalb Jahren voraus. Was in meinem Fall ganz gut war. Das Warten war zwar schlimm, aber alleine Warten wäre für mich nicht auszuhalten gewesen.«

»Hat der Therapeut dir dann bei der Entscheidung geholfen?«

»In gewisser Weise schon. Also ich bin ja erst hin, als ich mit dem Rücken an der Wand stand. Im Prinzip hatte ich die Diagnose schon von der Betriebsärztin an den Kopf geknallt bekommen, deshalb hatte ich mich zum Thema informiert und dann erst nach einem Therapeuten gesucht, als ich meine Entscheidung unterbewusst schon getroffen hatte. Ich hatte schon Angst vor meinen eigenen Gedanken bekommen. Für mich stand fest, dass ich so nicht weiterleben wollte. Meine Entscheidung für mein neues Leben war gleichzeitig auch eine gravierende Veränderung und damit ein Neubeginn. Deshalb haben wir uns schnell auf Antidepressiva geeinigt. Tja und dann habe ich allen Ernstes gesagt: ›Ich habe Angst, dass ich mir nur einrede, transsexuell zu sein, damit ich nicht abnehmen muss.‹ Was meinste wohl, was der Therapeut dazu gesagt hat?«

Flo hing wie gebannt an meinen Lippen. »Keine Ahnung! Erzähl weiter.«

»›Dann nehmen Sie doch einfach mal zehn Kilo ab!‹« Ich lachte lauthals.

Er lachte mit mir.

»Gesagt, getan, die Zweifel und Ängste blieben. Eigentlich bis heute. Ich zweifel jetzt eben an anderen Dingen. Und habe Angst vor ... keine Ahnung ... Blicken unter der Dusche im Schwimmbad. Nein, das mittlerweile auch nicht mehr. Das gehört einfach zu meinen Depressionen, dass ich ängstlich bin und häufig zweifle.«

»Und wie war dein Outing?«

»Das hat sich angefühlt wie das Ende der Welt, als ich meinen Eltern geschrieben hab. Wieder habe ich es bis zur allerletzten Sekunde aufgeschoben und habe einfach geschrieben, als Tochter gäbs mich nicht mehr, aber sie hätten nun die Gelegenheit, mich als Sohn kennenzulernen. Es hat Jahre gedauert, bis meine Mutter umgeschaltet hat mit den Pronomen. Das war stark von meinem Aussehen abhängig. Mein Vater hat sich nie drauf eingestellt.«

»Hast du dich eigentlich auch am Arbeitsplatz geoutet?«

»Ja klar. Anfangs eigentlich überall. Bei der Arbeit, das war viel einfacher. Da war der Druck einfach so groß, dass ich es nicht mehr ausgehalten habe, ständig als Frau angeredet zu werden. Da bin ich hin zur Chefin unter größten Ängsten – ich sah mich schon beim Arbeitsamt anklopfen – und sie war sehr verständnisvoll. Ihr Vorgesetzter wiederum war der letzte Arsch und hat sich strikt geweigert, mich unter neuem Namen zu führen, bevor nicht meine Vornamensänderung durch war. Das hat da noch, glaube ich, zwei Jahre gedauert, was dann aber nicht mehr von Belang war, da ich kurzerhand Sonderurlaub beantragt und ein Studium aufgenommen habe.«

»Krass.«

»Meine Güte, ich sabbel dir ja ein Kotelett an die Backe. Jetzt bist du dran. Ich brauche eine Einführung, wie man sich als Schwuler richtig verhält. Ich habe immer Angst, ›aufzufliegen‹. Und mich würde sehr interessieren, wie dein Outing für dich so war, wie du es für dich erkannt hast.«

»Bleib einfach locker. Du machst alles richtig, Süße. Aber ich kann dir gerne etwas einführen, wenn du es auch willst.«

Ich erstarrte. Warum verwendete er eine weibliche Bezeichnung? Hatte es mit meinem Outing als Transmann zu tun? Sah er mich jetzt als Frau an und nicht mehr als Mann? Hatte er mich deshalb zum Tanzen aufgefordert? Aber wie konnte das sein, wenn er doch schwul war?

»Habe ich etwas Falsches gesagt?«, fragte er.

»Bist du bi?«

»Hä, wie kommste jetzt da drauf?«

»Tu das bitte nicht. Keine weiblichen Pronomen oder sonstigen Wörter, die sich üblicherweise auf Frauen beziehen. Ich weiß, das ist in der Szene durchaus üblich, aber mich triggert das. Nenn mich einfach Tim, okay?«

»Okay, Tim. Das tut mir wirklich leid, das wollte ich nicht.« Flo drehte sein Käppi in den Händen hin und her. »Und nein, ich bin nicht bi.«

»Entschuldige mich bitte kurz.« Ich verschwand vor die Tür und ging einige Schritte auf und ab. Frische Luft tat mir in solchen Situationen immer gut. Nachdem ich mich beruhigt hatte, ließ ich mich wieder am Tresen nieder.

»Tun wir mal so, als wäre nichts gewesen. Ich denke schon, ich habe da Nachholbedarf.« Unruhig rutschte ich auf meinem Barhocker hin und her.

»Was soll ich dir denn beibringen? Die Flötentöne?«, näselte er.

»Das könnte etwas, äh, schwieriger werden. Jedenfalls nicht – muss ich jetzt aktiv oder passiv sagen?« Nervös brach ich in ein Kichern aus, das sich in einen Lachflash steigerte, von dem ich mich nur schwer erholte.

Flo hob den Zeigefinger. »Ganz einfach, Tim: Wer sich auf die faule Haut legt, ist passiv. Wer sich bewegen muss, ist aktiv.«

»Ich wusste, dass ich von dir noch etwas lernen kann. Also meine Französischkenntnisse sind ganz ausgezeichnet, aber passiv ist leider nicht drin.« Ich grinste.

»Och, das ist aber schade.« Heftiges Wimpernklimpern. »Dabei bist du so ein hübscher Bursche«, säuselte er.

Meine Ohren wurden heiß und ich spürte ein vertrautes Kribbeln.

»Du hast mich richtig neugierig gemacht.«

Wir sahen uns an, zahlten und gingen. Hoffentlich würde es zu mehr als Neugierde reichen.

Eine ganz normale Mastekparty

Sie stand vor der Toilette, die Brille hochgeklappt. Bekleidet war sie nur mit einem BH und einem viel zu kurzen Rock. »Ich kann im Stehen und du nicht!« Frech streckte sie mir die Zunge raus.

Es versetzte mir einen Stich, nach Jahren immer noch. Ich war der Mann, ich sollte das können. Aber was nicht angewachsen ist, kann so schnell nicht hinoperiert werden.

»Amina, ich warne dich!«

»Vor was warnst du mich? Ich bin viel größer und stärker als du!« Da hatte die hochgewachsene junge Frau recht. Sie überragte mich um einen Kopf und hatte ein breites Kreuz, um das ich sie beneidete. Doch sonst merkte man ihr keine Maskulinität an – ausgenommen die Tage, an denen sie sich auf den Weg zur Haarentfernung machte. An solchen Tagen lief sie herum wie eine Trümmertranse, wie sie sich selbst lachend bezeichnete. Anfangs hatte mich diese Wortwahl schockiert, empfand ich sie doch als abwertend; inzwischen war mir allerdings klar geworden, dass sie ihr Leben nur mit dieser Art von Humor in dieser Weise meistern konnte.

»Wenn du nicht brav bist, gibt es keine neuen Schuhe!«

»Schuhe, dass ich nicht lache! Du weißt genau, dass ich nicht so eine bin.« Sie band sich die Haare hoch und verteilte Rasierschaum im Gesicht. »Außerdem ist es Jonas Mastekparty und nicht meine.«

»Er heißt Jona, nicht Jonas.«

»Sag ich doch, Jonas Party. Jona seine Party.« Sie lachte, erst kieksend und kippte dann mit zunehmender Lautstärke dröhnend in ihre Bruststimme. »Ob ich sage ›Jonas Party‹ oder ›Jonas' Party‹, das hört sich doch gleich an.«

»Aber ›Hallo Jona‹ und ›Hallo Jonas‹ nicht«, erwiderte ich.

Sie wusch sich den Schaum ab und trocknete ihr Gesicht. »Egal, Hauptsache, seine Titten sind ab. Und das wird gefeiert.«

»Du bist echt in der Gosse aufgewachsen.«

»Bin ich!«

Ich gab ihr einen Kuss auf den jetzt bitter schmeckenden Mund. »Komm raus, wenn du deine Tonne Schminke drauf hast. Ich bin so lange im Wohnzimmer.«

Wieder streckte sie mir die Zunge raus. »Warum bist du eigentlich so zickig, Peter? Man könnte meinen, du wartest noch auf deine Kostenzusage.«

Tatsächlich hatte ich die schon vor mittlerweile acht Jahren erhalten – damals, kurz nach der Änderung des Transsexuellengesetzes. Durch diese hatten wir die Personenstandsänderung erlangen können und unsere Fortpflanzungsfähigkeit weiterhin erhalten dürfen. Zuvor hatte man operativ Unfruchtbarkeit herbeiführen müssen, bevor der

Geschlechtseintrag korrigiert wurde. Heute reichte dank einer Änderung des Personenstandsgesetzes eine einfache Bescheinigung eines Arztes, aus der hervorging, dass eine Variante der Geschlechtsentwicklung vorlag. Man musste nur einen Arzt finden, der auch bereit war, diese auszustellen.

Mein Körper wurde seit neun Jahren mit Testosteron versorgt. Mittlerweile wuchs mir ein Bart, der fast mit dem von Amina mithalten konnte, den sie vor Beginn ihrer Epilationsbehandlungen gehabt hatte. Irgendwo tief in einer Schublade war gut gehütet noch ein Foto von ihrem früheren Aussehen verborgen.

»Ich warte darauf, dass du endlich aus dem Bad kommst, mein Gossenkind.«

»Aber du sagst es niemandem, ja?«, bat sie, die Hand auf meinen Bauch gelegt.

»Dann zieh du dir was Vernünftiges an! Wir gehen schließlich nicht auf die Schmuckstraße.«

Ich hatte mich gerade in mein Buch vertieft und wollte das dritte Kapitel beginnen, da betrat sie das Wohnzimmer.

»Wie ist mein Passing?«, fragte sie mich.

Vor mir stand eine hübsche Frau in einer schlichten blassgelben Bluse, die mit ihrem Hautton harmonierte und ihren Busen gut zur Geltung brachte. Dazu hatte sie eine helle Jeans und ihre Wildlederstiefel mit den frechen Schnüren gewählt. Ihr langes Haar schmiegte sich offen um ihre Schultern. »Perfekt, Schatz. Du siehst eindeutig weiblich aus und niemand käme auf die Idee, du könntest mal ausgesehen haben wie ein Mann.«

Sie lächelte. »Und ich sehe auch nicht aus wie eine Transfrau?«

»Nein, alles gut. Mach dir keine Sorgen.«

Irgendwann würde sie einfach nur noch danach fragen, wie sie aussah – so wie jede andere Frau auch.

»Jona. Gratuliere.« Ich deutete die Umarmung nur an. Seine frischen Nähte durften unter keinen Umständen aufplatzen.

»Ja, endlich sind die Dinger ab.« Er brachte eine Armlänge Abstand zwischen uns. »Peter, schön dich zu sehen. Gut siehst du aus, schicker Bart!« Anerkennend schlug er mir auf die Schulter. »Aber du hast ganz schön zugelegt.«

Grinsend überging ich die Spitze und bedankte mich. »Kommt Testo, kommt Bart.«

»Und wer ist diese Schönheit?«

»Amina.« Augenscheinlich nervös deutete sie einen Knicks an. »Danke Jona. Hallo.«

Er reichte ihr die Hand. Sie ergriff sie und er zog sie an sich heran und drückte ihr einen Kuss auf die Wange. »Herzlich willkommen in meiner bescheidenen Hütte.«

Wir mischten uns so unauffällig unter die Gäste, wie es mit meiner auffallend großen und dunkelhäutigen Holden im Schlepptau möglich war. Wie bei allen Zusammenkünften von Transleuten erfuhr ich bei dieser Gelegenheit Neuigkeiten: Peer freute sich über seinen Stimmbruch, der sehr rasch nach der ersten Spritze eingesetzt hatte. Lennart war stolzer Besitzer eines neuen Personalausweises auf seinen männlichen Vornamen. Chris litt stark darunter, überhaupt einem Geschlecht zugewiesen zu werden – das »d« bei den Stellenausschreibungen war da mehr ein Lippenbekenntnis und wenig hilfreich, wenn im Alltag bei jedem Toilettengang darüber gerichtet wurde, ob Chris Männlein oder Weiblein sein sollte. Jo hatte schon fürs Krankenhaus gepackt, da er die Kostenzusage vorliegen hatte. Und das sogar, obwohl er gar keine Hormonbehandlung wünschte! Marion trug stolz ihre Brüste zur Schau und sammelte Komplimente, während Marie bei der Suche nach einem passenden Therapeuten verzweifelte.

Da sah ich noch ein bekanntes Gesicht.

Der Mann kam auf mich zu. »Hey, Peter!«

»Mensch, Bastian! Wie lange ist das her?«

»Ich glaube, wir haben uns im Juli das letzte Mal auf dem Stammtisch gesehen.«

»Fast ein Jahr.« Rasch stellte ich meine Freundin vor. »Und? Wie siehts aus?«

Er schüttelte den Kopf. »Ein halbes Jahr habe ich auf den Therapieplatz gewartet. Das ging ja noch fix. Ein halbes Jahr hat sie mich hingehalten, bis ich die Indikation für die Hormonbehandlung mit Testosteron bekam. Dass es ewig dauert, bis man Passing bekommt und vorher noch aussieht wie ne Frau oder weder Fisch noch Fleisch, war klar. Ich sitze also diese Scheiß-Zwangstherapie noch ein weiteres Jahr ab, bis die achtzehn Monate voll sind und was ist?« Er atmete tief durch. »Ich beantrage alles formvollendet, schicke sogar so einen Trans*-Lebenslauf mit und die beiden Schlecht-, äh, Gutachten, die ich selbst bezahlen musste und auf die sie kein Anrecht haben und bekomme von der Krankenkasse ne Absage!«

»Was, wieso das denn?« Mir blieb der Mund offen stehen.

»Angeblich weil ich Borderline hätte und das ein Weg für mich wäre, mir selbst zu schaden.«

»Was?!« Ich traute meinen Ohren nicht.

»Und überhaupt wäre ich ja eigentlich intersexuell und da findet das Transsexuellengesetz keine Anwendung!« Verzweifelt lachte er.

»Hä?«, fragte jetzt Amina.

»Das hat die jedenfalls in ihren Bericht geschrieben.« Er ließ die Schultern hängen.

Unfassbar. »Wer, die?«

»Die Apfelschneider, meine Scheißtherapeutin, von der ich anderthalb Jahre lang dachte, sie sei auf meiner Seite.« Ihm kamen die Tränen. »Und jetzt«, schloss er seinen Bericht, »bin ich erst mal krankgeschrieben, weil ich extrem depressiv bin. Ich kann einfach nicht mehr. Von jeder Kleinigkeit fühle ich mich so belastet, mir fehlt einfach die Kraft, weiterzumachen. Ich habe sogar wieder Suizidgedanken, sobald ich nachts allein im Bett liege und mich nichts mehr ablenkt.«

»Das ist … ach Mensch, Basti. Darf ich dich mal in den Arm nehmen?« Ich sah ihn an. »Oder lieber nicht?«

Er nickte. »Es ändert zwar nichts, aber so lässt es sich besser aushalten.«

»Und wie kommst du jetzt klar?«, fragte Amina mitfühlend. »Wie kriegst du die Zeit rum?«

»Abgesehen von Schlafen meinst du?«, versuchte Bastian sich an einem Scherz. »Antidepressiva. Und ich mache bei einem Radioprojekt mit. Es geht um Transsex-, äh, Transidentität, na, trans* halt. Wir wollen aufklären. Aber naturgemäß rennt man immer offene Türen ein und erreicht nie diejenigen, die das Wissen dringend bräuchten.«

Amina formte ihre Hand, als ob sie ein Mikrofon hielte, und fragte: »Und, Herr Bastian, erklären Sie bitte Ihre Beweggründe für die geschlechtsangleichende Operation!«

Er lachte. »Echt jetzt?«

Wir zuckten mit den Schultern.

»Meine Gründe kenne ich. Aber ich kann nur für mich sprechen«, sagte er und machte ein nachdenkliches Gesicht. »Na ja, ich bin ein Mann und ich möchte auch wie ein Mann aussehen, so einfach ist das. Weil das in dieser Gesellschaft der einfachste Weg ist, wie einer behandelt zu werden. Da bewirkt das Testosteron schon eine Menge, aber als Mann mit Brüsten ist es nicht so einfach. Ich traue mich nicht in Umkleidekabinen, weil ich Angst vor den Reaktionen der anderen habe. Das kann ja von scheelen Blicken bis hin zu Hassverbrechen alles sein. Die Dinger erinnern mich zudem ständig an meinen weiblichen Transitionshintergrund.«

»Super Formulierung!«, lobte ich.

»Weiblicher Transitionshintergrund! Wie geil ist das denn?« Meine Freundin lachte.

»Deshalb ist das einfach ein Unding, dass die mich so mittendrin aufs Abstellgleis fahren.«

»Wütend gefällst du mir schon besser«, erklärte meine Freundin.

»Das wird schon, Basti. Das ist einfach nur eine Frage der Zeit. Anwalt hast du?«

»Klar, ich habe einen Anwalt über diesen Verein bekommen. Total unbürokratisch, da war ich sehr erleichtert«, erzählte Bastian nun flüssiger. »Zeit habe ich jetzt mehr, als ich ertragen kann. Mir fehlen vor allem die Nerven, diesen Affenzirkus weiter mitzumachen. Es wäre einfach total hilfreich, wenn ich mit meinem eigenen Körper wenigstens besser klar käme, und da wäre die Entfernung der weiblichen und der Aufbau der männlichen Brust natürlich außerordentlich hilfreich.«

Ich sah ihm an, dass ihn die Flucht in die Fachsimpelei entspannte. Das war auch eine meiner eigenen Strategien gewesen. So konnte ich mich davon distanzieren, selbst betroffen zu sein und meine Gefühle unterdrücken, wenn ich sie nicht mehr aushielt.

»Ich frage mich schon, ob es ein Fehler war, alles auf einmal zu beantragen.« Bastian furchte die Stirn. »Eigentlich habe ich vor, nur Mastek und Adnek machen zu lassen. Aber vielleicht überlege ich mir das später noch mal anders und brauche doch mehr, da wollte ich schon alles in trockenen Tüchern haben.«

»Was ist ›Adnek‹?«, fragte Amina.

»Adnektomie«, klärte ich sie auf. »Die Entfernung der Eierstöcke.«

»Ich hab tierische Panik davor, schwanger zu werden«, gestand Bastian. »Das ist so etwas Urweibliches. Weißt du, wie ich das meine?«

»Ich verstehe schon, ja.«

»Ob ich überhaupt Kinder will, weiß ich noch gar nicht.«

Ich nickte nur.

»Dann wünsche ich dir viel Kraft für die nächste Zeit«, sagte Amina.

»Ja, wir drücken dir die Daumen, dass es sich nicht mehr allzu sehr in die Länge zieht bis zur Kostenzusage.«

Am Buffet trafen wir Thorsten. Er war wirklich stinkig darüber, dass er in der Geburtsurkunde seiner Kinder als Mutter geführt wurde. Dies brandmarkte sowohl ihn als auch die Kinder und zwang sie zu ständigen Outings. Dabei waren sie sogar nach der Änderung seines Geschlechtseintrags geboren. Das bedeutete, sie mussten diese Urkunde ihr Leben lang bei allen behördlichen Anlässen von der Einschulung über die Hochzeit bis zur Beantragung der Rente verwenden, auch über Thorstens Tod hinaus. Und jedes Mal mussten sie sich erklären, mussten sie ihr Elternteil outen und damit sich selbst mit. Dieses Vorgehen war selbst mir neu und ich seufzte. Das konnte ja noch heiter werden.

Als wir unserem Gastgeber noch einmal über den Weg liefen, hielt ich ihn an.

»Jona, du willst wirklich den Aufbau machen lassen?«

»Wie cool, er lässt sich einen Pimmel basteln!«, trompetete meine Freundin. »Endlich lerne ich mal einen Transmann kennen, der nicht mit Muschi rumläuft.«

Alles um uns herum verstummte.

»Hey, ich finde Muschis toll!«, versuchte sie, die Situation zu retten.

Leise zischte ich ihren Namen.

»Auch bei Frauen, nicht nur bei Männern«, setzte sie nach.

Wieder einer der Momente an ihrer Seite, in denen ich am liebsten im Erdboden versinken würde. Die meisten Gäste waren Transmänner, es war ja eine Mastekparty. Einigen war es anzusehen, anderen gar nicht, viele wirkten einfach wie burschikose Frauen. Und man konnte nie sicher sein, ob nicht auch Cisleute unter den Gästen waren: Menschen, die sich im bei der Geburt zugewiesenen Geschlecht wohlfühlten und folglich keine Geschlechtsangleichung anstrebten, hinter sich hatten oder sich im Prozess befanden. Was mich persönlich anging: Nichts deutete mehr darauf hin, dass ich mal ausgesehen haben könnte wie eine Frau. Jedenfalls nicht, solange ich mich nicht auszog.

Unbeirrt antwortete Jona mit einem feierlichen »Ja, ich will.« Dann begann er zu glucksen. »Deine Freundin ist ja ne Marke.«

»Sie hat andere Hemmschwellen als ich.« Ich räusperte mich. »Aber ich würde sie nicht anders haben wollen.«

»Zurück zu deiner Frage: Es war keine leichte Entscheidung, aber ich gehe das Risiko ein.«

»Darf ich fragen, was für dich den Ausschlag gegeben hat?«

»Dem Gutachter habe ich gesagt, ich bringe mich sonst um.«

Ich wurde hellhörig. »Echt jetzt?«

»Natürlich nicht, aber man muss ja überzeugend auftreten.«

»Beruhigend.«

»Ich kenne die Risiken. Ich will es einfach versuchen. Wird schon schief gehen. Bei der Mastek ist ja auch alles glattgegangen.« Jona hatte ich als optimistischen und risikofreudigen Typ kennengelernt. Und im Gegensatz zu mir war er nur eine Woche nach seiner Mastektomie wieder bei der Arbeit, während ich drei Wochen im Krankenhaus gelegen hatte.

»Und du hast keine Angst, nachher nicht zufrieden zu sein?« Was Operateure als gelungenes Ergebnis feierten, stellte sich mir als unzureichend dar. Ich hatte mich damit abfinden müssen, dass nichts dem Original gleichkommt. Weder in Sachen Ästhetik, noch im Empfinden, noch in der Funktionalität. Selbst dann, wenn man das Geld für einen amerikanischen Star-Chirurgen haben sollte. Auch die neuerdings so hochgelobten Epithesen versprachen bestenfalls Linderung, schlimmstenfalls eine Fokussierung auf das, was da fehlte, die zu noch mehr Unglück führte. Zudem verhalf keine der Möglichkeiten dazu, sich nicht früher oder später offenbaren zu müssen.

»Alles ist besser als das, was jetzt da unten ist«, erklärte Jona überzeugt.

»Na ja, ich denke mal, wir kennen alle die üblichen Beweggründe, die für einen Aufbau sprechen. Angefangen mit der Erwartungshaltung der anderen Männer, jeder Mann müsse einen Penis haben.«

»Mir geht es nicht einmal darum, dass es Spinner gibt, die mich dann automatisch für eine Frau halten, nur weil ich keinen –, mir geht es um die tatsächliche alltägliche Einschränkung dadurch, nicht im Stehen pinkeln zu können«, erklärte Jona. »Nicht nur auf der Baustelle ist das wichtig, es fühlt sich einfach so falsch an«, sagte er leise. »Ich ekle mich vor meinem Körper, vor dieser Öffnung da. Ich mag da gar nicht hinfassen.«

»Du musst dich vor uns nicht rechtfertigen, Jona. Wir kennen das alle, mehr oder minder stark ausgeprägt.«

»Ausgenommen Buck Angel wohl.« Anders war von uns unbemerkt hinzugetreten und hatte eine ganze Weile mitgehört. Den in der Community bekannten Pornodarsteller Buck Angel hatte ich in einer Talkshow gesehen, in der er nicht müde wurde, zu betonen, er liebe seine Vagina – *I love my vagina!* –, während die Moderatorin seine Frage, ob sie denn ihre eigene liebe, mit angeekeltem Gesicht verneinte. Was ihn zu der Frage veranlasste, warum denn nicht, sie sei doch eine Frau oder nicht?

Anders eröffnete uns: »Ich habe mich übrigens inzwischen dazu durchgerungen, vom Aufbau Abstand zu nehmen.«

»Aha, warum?«, fragte Jona interessiert.

»Vielleicht habt ihr schon davon gehört, dass ich bei der Mastektomie Komplikationen hatte. Eine Sepsis. Meine halbe Brust war knallrot, ich hatte Fieber und die Antibiotika haben nicht gleich angeschlagen. Deshalb bekam ich sie intravenös und es musste jedes Mal ein neuer Zugang gelegt werden.«

»Oha«, machte ich.

»Ja, schön war das nicht«, sagte Anders. »Vor allem hat mich das wieder richtig ins Nachdenken gebracht und ich habe mich noch einmal eingehend informiert. Besonders hinsichtlich möglicher Komplikationen. Abgesehen von Einzelfällen, wo die Leute nach mehr als 25 OPs nicht zufrieden sind mit dem Ergebnis – «

»25!«

»Mehr als 25. Jedenfalls habe ich herausgefunden, dass ein Ergebnis, welches der Operateur als gelungen empfindet, bereits etliche Fisteln beinhalten kann.«

»Fisteln?«, fragte Amina. Eine Fistelstimme war ihr ein Begriff.

»Kleine offene Stellen, die wie ein Megapickel aussehen, der durch die Haut durchgeeitert hat.«

»Ih!« Amina wandte sich ab und hielt vermutlich nach den beiden Mädels und seichterer Unterhaltung Ausschau. Dieses hier war ein Thema für Jungs unter sich, besser gesagt eines für Transmänner.

»Flötenpissen ist dann angesagt, weil der Urin durch die Löcher – «

»Hör auf!«

Anders zog die Augenbrauen zusammen. »Darauf habe ich keine Lust. Dann pinkel ich trotz allem im Sitzen und bin obendrein ein medizinischer Sonderfall, an den sich kein Urologe rantraut. Durch Haarwuchs innerhalb der künstlichen Harnröhre können immer wieder weitere Fisteln entstehen.«

»Na super.«

»Schiefe Nähte, ein unförmiger Schaft und auch, dass sich mit der Zeit Fett aus dem Transplantat abbaut und der Penoid somit auf einen Bruchteil seiner ursprünglichen Größe zusammenschrumpft, sind im Rahmen des zu Erwartenden.«

»Ach.« Das war auch mir neu.

»Und dann gibt es noch die Möglichkeit, dass es völlig daneben geht. In dem Fall wird der Penoid gespalten und man rennt mit so einem platten Hautlappen rum bis zur nächsten OP und wenn man Pech –«

Ich hielt mir die Ohren zu. »Schluss!«

Er war nicht zu bremsen. »Wenn man Pech hat, darf man danach weiterhin nur noch durch ein undefinierbares Loch pullern.« Anders schüttelte sich. »Wie das hygienisch zu bewerkstelligen ist, will ich gar nicht wissen. Ich will das weder meinem späteren Pflegepersonal noch mir selbst antun. Das bringe ich psychisch gar nicht fertig. Also ich meine, so derartig aus der Norm zu fallen. Noch mehr als ohnehin schon.«

»Meine Güte«, sagte ich. »Wie bist du an diese Informationen gekommen?«

»Das ist doch alles nichts Neues!«, warf Jona ein.

»Viel Internetrecherche, es gibt ja Foren, Bilderdatenbanken von OP-Ergebnissen, aber ich habe mich auch auf Tagungen und verschiedenen Stammtischen mit anderen Transmännern ausgetauscht. Natürlich habe ich überglückliche Menschen getroffen, die voll des Lobes waren, aber eben auch kreuzunglückliche. Ich weiß, andere Leute sehen das anders, aber mir ist das Risiko zu hoch oder vielleicht auch der Leidensdruck zu niedrig.«

»Nein«, beeilte ich mich zu sagen, »der Leidensdruck kann nie zu niedrig sein.«

»Normalerweise geht man ja nicht mit seinen Genitalien hausieren«, meinte Anders. »Meine sollte außer in der Sauna keine fremde Person zu Gesicht bekommen.«

»Ganz ehrlich«, sagte ich, »ich hab mittlerweile jedes Gefühl für Privatsphäre verloren, so oft, wie ich Therapeuten, Gutachtern und Ärzten alles offenbaren musste. An den betretenen Gesichtern der anderen merke ich es, wenn ich zu offen war. Aber wem erzähle ich das? Ali und Benjamin hatten neulich sogar so dämliche Probleme beim Einwohnermeldeamt.«

»Wieso beim Amt? Wofür gibt es denn das Offenbarungsverbot?«

»Ach«, seufzte ich. »Theoretisch betrachtet soll es uns davor schützen, dass ausgeforscht wird, dass wir früher mal einen anderen Namen und Personenstand hatten. Bei Anfragen beim Einwohnermeldeamt beispielsweise. Stell dir vor, jemand fragt nach der aktuellen Adresse von Martina Müller und bekommt mitgeteilt, dass Martina jetzt Martin heißt und da und da wohnt. So etwas sollte vermieden werden. In der Praxis taugt das jedenfalls nichts. Ich hatte dadurch schon mal mehr Probleme anstatt weniger, weil die Sachbearbeiterin bei meiner Versicherung nicht auf meine digitale Akte zugreifen durfte, also wurde noch jemand mit eingeweiht.« Ich schüttelte den Kopf. »Also Ben und Ali: Die waren da wegen einer simplen Ummeldung nach dem Umzug. Im Computer waren sie beide aber noch als *ledig* eingetragen. Die beiden ließen sich nur auf *verheiratet* umstellen, wenn man das Geschlecht bei Benjamin wieder auf *weiblich* änderte. Damals gab es noch keine gleichgeschlechtlichen Ehen in Deutschland; die beiden hatten noch vor seiner Personenstandsänderung geheiratet.« Damals hatte also Ben, ungeachtet seines Auftretens, vor dem Gesetz noch als Frau gegolten, daher hatte es mit dem Standesamt keine Probleme gegeben. »Nach ner Dreiviertelstunde haben sie die beiden mit leeren Händen nach Hause geschickt und Benjamin musste allen Ernstes das Urteil der Personenstandsänderung vorlegen, um an eine popelige Meldebescheinigung zu kommen. Zur Belohnung gab es dann ein Dokument zur Ergänzung der Eheurkunde, welches bestätigte, dass die Ehe weiterhin gültig sei. Das dürfen sie jetzt immer mit vorlegen.« Ich schüttelte den Kopf.

»Oh Mann, der deutsche Amtsschimmel.« Anders verdrehte die Augen.

»Wo ist eigentlich deine Freundin hin?«, fragte Jona.

»Gute Frage.« Ich stürzte mich ins Getümmel und überließ meinen Platz in der Runde Maik, der noch gar nicht wusste, ob er nicht doch weiterhin als Meike auftreten wollte, auch der Kinder wegen.

Ich fand Amina im Gespräch mit Marion und Marie.

»Hast du schon gehört?«, tratschte Marion. »Sara hat versucht, sich das Leben zu nehmen.«

Für einen Moment schwiegen alle.

»Ausgerechnet Sara!«, brach Amina die Stille. »Das passt überhaupt nicht zu ihr.«

»Moment, woher kennst du Sara?«, fragte Marion neugierig.

Ich sah meiner Freundin an, dass sie hin- und hergerissen war, und nickte ihr ermutigend zu. Sie sah mich an, dann wieder Marion. »Also gut, ich wollte mich eigentlich nicht outen, aber ich kenne sie noch von früher vom Stammtisch.«

»Vom Stammtisch?«, echote Marion. »Du bist eine Transfrau?«

Amina schüttelte den Kopf, antwortete aber überzeugend in ihrer Bruststimme: »Oh, yeah, Baby, das bin ich.«

»Davon merkt man gar nichts mehr«, kommentierte Marion und musterte sie neidisch von oben bis unten. »Kompliment.« So wie sie das sagte, klang es nicht sehr gönnerhaft. Marion selbst war mit einem recht kantigen Kinn gestraft, weshalb sie häufig sehr indiskret angesprochen wurde, ob sie früher mal ein Mann gewesen sei. Entweder wird man durch solche Erfahrungen hart oder man zermürbt. Möglicherweise war es ihre Art der Rache an diesen unsensiblen Zeitgenossen, dass sie mit derlei Erlebnissen beinahe prahlte.

»Sara ist ein Haudegen«, sinnierte Amina. »Wenn eine hart im Nehmen ist, dann sie. Und sie muntert jede auf, die an sich oder ihrem Weg zweifelt.«

»Das ist nur ihre Fassade.« Marie sagte das leise und zögerlich. »Da die jetzt ohnehin Risse bekommen hat und Sara damit offen umgehen will, kann

ich es ja sagen. Sie hat schon seit Jahren mit wieder-
kehrenden Depressionen kämpfen müssen. Egal
welche Maßnahme sie hat machen lassen, nichts hat
dagegen geholfen. Die Lebensmüdigkeit kam immer
wieder auf.«

Wir hingen gebannt an ihren Lippen. Marie
sprach weiterhin leise.

»Bevor ihr fragt: Sie ist meine Freundin. Also
nicht eine Freundin, sondern meine feste Freundin.
Wir sind ein Paar. Noch nicht lange, zwar …« Sie sah
uns fest in die Augen, mit zusammengebissenen
Zähnen. »Deshalb weiß ich Bescheid, wie es hinter
den Kulissen ausschaut.«

Amina blieb der Mund offen stehen. Auch, dass
Sara lesbisch war, hatten wir nicht gewusst. »Und
die ganzen Durchhalteparolen?«

»Das war nur ein Trick. Die waren im Grunde
für sie selbst. Wenn andere daran glaubten, dann half
ihr das, selbst daran zu glauben. Was leider nicht
immer funktionierte.«

»Und jetzt?«

»Jetzt ist sie wieder in der Klinik.«

»Wieder?«, echote Marion abermals.

»Ja«, erklärte Marie. »Dieser ist nicht ihr erster
Versuch. Diesmal hat sie beschlossen, damit nicht
hinter dem Berg zu halten. Sie hält es für wichtig,
dass ihr Umfeld informiert ist. Um sie, nun ja,
gegebenenfalls davon abzuhalten. Denn eigentlich
möchte sie leben, auch wenn es sich für sie so oft so
scheiße anfühlt.« Tränen rollten Maries Wangen
hinab. Amina reichte ihr ein Taschentuch. »Es
macht mich nur so traurig, dass sie die Hoffnung

hatte, nach der Angleichung würde alles besser werden.« Sie schniefte. »Stattdessen sozialer Abstieg mit allem Drum und Dran, schlechter bezahlte Arbeit und auf einmal weniger Anerkennung für dieselbe Leistung – ihr kennt das ja.«

»Oh ja, und wie wir das kennen«, grollte Amina.

»Oh ja«, pflichtete ihr Marion bei.

»Und immer wieder hat sie Probleme mit ihrer Stimme am Telefon oder wenn sie mal ungeschminkt vor die Tür geht.«

»Ich würde lieber mit Sara reden statt über sie«, klinkte ich mich ein. Wir vereinbarten kurzerhand, sie demnächst im Krankenhaus zu besuchen.

»Amina, warum wolltest du dich nicht outen?«, fragte Marion.

»Ehrliche Antwort? Weil ich das Glück habe, das nicht zu müssen.«

»Aber wir sind doch alle trans*.«

»Wir sind eben nicht alle trans*!« Sie zeichnete das Sternchen in die Luft, mit dem alle mitgemeint sein sollten, die sich irgendwie in der Transszene tummelten und nicht eben gerade Angehörige oder andere Cismenschen waren. Weil die Liste der spezifischen Identitätsbegriffe viel zu lang wäre, hatte sich eingebürgert, kurz trans* zu schreiben oder zu sagen. »Je mehr es wissen, desto weniger habe ich die Gelegenheit, mal nicht als trans* aufzutreten und entsprechend wie eine ganz normale Frau behandelt zu werden. Ich höre mir eben lieber Gejammer über PMS an als über schlechtes Passing. Mal ganz abgesehen davon, dass diese Information über mich ohne mein Zutun weitergetragen werden könnte an mir völlig Fremde.«

»Ach, was wäre denn so schlimm daran? Man muss sich doch nicht schämen, trans* zu sein.«

Wusste Marion das wirklich nicht?

»Erstens, das geht niemanden etwas an. Zweitens, wenn ich der Person eines Tages begegne, dann nicht unvoreingenommen, sondern die weiß ein sehr intimes Detail über mich, so als ob sie mich schon einmal in einem Porno gesehen hätte. Drittens, ich werde dann wie eine Transfrau behandelt und nicht wie eine Frau.«

»Und warum willst du nicht wie eine Transfrau behandelt werden? Du bist doch eine.« Offenbar hatte Marion da einen gänzlich anderen Zugang. Möglicherweise kannte sie mangels Passing aufgrund ihres recht maskulinen Äußeren tatsächlich keinen Unterschied zwischen der Rolle als Frau und der Rolle als Transfrau.

»Weil es viele gibt, die mich dann nicht als richtige Frau anerkennen, aber auch nicht als Mann. Als irgendetwas Exotisches. Die sind dann so komisch befangen und haben Angst, als schwul zu gelten, wenn sie einen Blick auf mich werfen. Sie sind völlig verunsichert, wie sie sich mir gegenüber verhalten sollen. Und außerdem gehöre ich nicht zu denjenigen, die damit angeben, dass sie jetzt täglich ihre Neovagina bougieren. Ach, entschuldige, das regt mich auf!« Wütend stampfte sie davon, dass die Schnüre ihrer Stiefel nur so flogen.

Ich verabschiedete mich hastig und eilte ihr nach.

»Was hat sie denn nur?«, hörte ich Marion noch.

»Jetzt bin ich schon innerhalb der Community die trans*-Auskunft!«, schimpfte Amina auf dem Balkon. »Man wird die Scheiße nie los.« Ihre Schultern zitterten.

Ich legte die Arme um sie. »Ist ja gut.«

Da hörte ich sie lachen. »Das ist aber auch eine selten blöde Kuh!«

»Pst, nicht so laut!«

Sie schimpfte nicht mehr, lachte aber umso lauter.

Als sie sich beruhigt hatte, kehrte ich mit ihr an der Hand zurück zu unserem Gastgeber, der uns fragte: »Sagt mal, wie habt ihr euch eigentlich kennengelernt?«

Wir sahen uns an und sagten unisono: »Bei der Flüchtlingshilfe.«

Wir tauschten Blicke und ich übernahm das Wort. »Amina war als Übersetzerin da und ich habe mich darum bemüht, alles Mögliche aufzutreiben, was gebraucht wurde, von Schlafsäcken über Spendengelder bis hin zu Wohnräumen. Sie hat mir einfach gleich imponiert. Energiegeladen ohne Ende und sie ist so mutig und nimmt kein Blatt vor den Mund.«

»Mich hat Peter enorm beeindruckt mit seinem Talent, aus Scheiße Gold zu machen. Zum Beispiel haben wir gespendete Fahrräder, die einfach nur noch Schrott waren, so aufgepeppt, dass wir sie verkaufen konnten. Das war seine Idee.« Stolz sah sie mich an.

Vermutlich lief ich gerade mal wieder knallrot an, aber das war mir egal. »Die Leute sind einfach zu bequem geworden. Wir haben angeboten, die Sachen bei ihnen zu Hause abzuholen und uns dort die Rosinchen rausgepickt. Und die Spender haben sich das Geld für die Sperrmüllabholung gespart und Platz im Keller gewonnen.«

»Die Menpower hatten wir ja.«

»Und Frauenpower.«

»Mensch, Klasse«, lobte Jona. »Dann könnt ihr bei mir im Keller auch gleich schauen.«

»Nicht heute«, winkte ich ab.

Wieder zu Hause machten wir es uns auf dem Sofa gemütlich. Eine Kerze brannte und Rosenduft erfüllte den Raum, leise Musik plätscherte im Hintergrund.

Wir ließen den Abend Revue passieren und kamen noch mal auf die Frage zu sprechen, wie ein Leben als Transmensch möglich sein könnte, ohne sich zu outen, und ob das überhaupt erstrebenswert sei.

»Mir würde etwas fehlen, wenn ich mich nicht ganz zeigen dürfte. Wenn es Bereiche meines Lebens gäbe, über die ich nicht sprechen dürfte. Und vor allem möchte ich nicht mit der Angst leben müssen, mich jederzeit zu verplappern und daraufhin enttarnt zu werden.«

»An meinem früheren Leben ist nichts, das es wert ist, in der Erinnerung aufrechterhalten zu werden«, sagte sie düster.

»Hmm«, überlegte ich, »meine Röteln-Impfung war wichtig.«

Nachdenklich strich ich durch Aminas Haar und blieb an etwas hängen, was einen Aufschrei ihrerseits nach sich zog.

»Das verdammte Haarteil«, brummte ich.

»Als müsstest du damit rumlaufen!«

Sorgfältig entfernte ich das Ding und küsste die kahle Stelle, um meine Freundin ungehindert streicheln zu können.

»Jetzt habe ich mich doch geoutet und das vor so einer Tratschtante. Bald wissen es alle.«

»Sie würden doch sowieso früher oder später Fragen stellen. Thorsten und sein Partner werden auch ständig gefragt, wie sie an das Kind gekommen sind, das hast du doch gehört.«

»Ja, aber ich dachte irgendwie, bei uns wäre das anders. Uns würde man für normal halten, solange sie denken, du hättest mich geschwängert und nicht ich dich«, sagte sie enttäuscht.

»Das funktioniert vielleicht bei Außenstehenden, aber doch nicht in der Community, wo man uns noch von früher kennt. Aber wer ist schon normal. Ist dir das wirklich so wichtig?«

»Du bist mir wichtig.« Sie sah mich eindringlich an, bis ihr etwas einfiel. »Ach übrigens, schönen Gruß von Ike.«

»Ach, war Ike da? Kommt aus der Hauptstadt nach Hamburg für eine Party?«

»Ja, Ike war gerade auf dem Sprung und musste den Zug kriegen, deshalb habe ich dich nicht dazugeholt.«

»Schade.«

Dieser Mensch war sehr klein und dabei schlank, steckte stets in Gothicfummeln bis hin zu Fetischklamotten und ein unglaublich langer Zopf weiß blondierten Haars schwang mit jeder Bewegung mit.

Dazu gehörten selbst im Hochsommer kniehohe Boots mit fetten Schnallen.

»Gar nicht so einfach, über Menschen ohne Pronomen zu sprechen, aber es geht. Ich finde Ike cool«, fand Amina.

»Als wir uns auf der Tagung in Berlin kennenlernten, hat mich unglaublich beeindruckt, wie Ike über den Dingen steht. So selbstsicher wäre ich auch gern.« Ich hoffte, dass es bei Ike nicht auch nur Fassade war wie bei Sara.

»Danke, dass du mich nicht geoutet hast. Obwohl ich glaub, ich scheiß demnächst drauf, was die Leute reden oder denken könnten. Für jeden, der dich aufgrund deiner Eigenheiten nicht mag, gibt es zehn, die dich genau dafür lieben, dass du bist, wer du bist. Oder so ähnlich. Oh! Ganz besonders hat mich Ikes sexy Outfit beeindruckt. Würde ich nicht von der Bettkante stoßen.« Typisch meine Freundin.

»Muss ich mir Sorgen machen?«, fragte ich mit einem Augenzwinkern.

»Natürlich nicht.« Sie drückte mich fest an sich.

»Ich wäre gerne gelassener mit allem. Vor allem jetzt, während der Schwangerschaft.«

»Bereust du es?«, fragte sie und ihre Hand wanderte von meiner Brust abwärts und blieb auf meinem Bauch ruhen.

Ich schüttelte den Kopf. »Niemals.« Meine Hand legte sich auf ihre. »Aber frag mich im Kreißsaal noch mal.«

Sie nahm meine Hand. »Willst du mich heiraten?«

»Du blöde Kuh, das wollte ich dich fragen. Das ist doch mein Job als Kerl.«

»Du wolltest – heißt das ›ja‹?«

Ich knuffte sie in die Seite, dann zog ich sie an mich und gab ihr als Antwort einen Kuss.

KINDERKRAM

»Siehst du? So, ganz vorsichtig.« Opa zog mit der Linken seine rechte Wange straff, blies die Backen auf und fuhr mit dem Rasiermesser in seiner Rechten bedächtig in einem sehr flachen Winkel an der Haut entlang. Otto sah gebannt zu und meinte, über die gut anderthalb Meter Entfernung hinweg das Raspeln der abgeschnittenen Bartstoppeln hören zu können. Sehen konnte er auf jeden Fall, wie die Klinge den weißen Schaum beiseiteschob und so ein Stück von Opas vertrautem Gesicht freigab.

»Ganz vorsichtig«, das kannte Otto. So musste man auch mit den Briefmarken umgehen, damit sie beim Einsortieren in das Album nicht einrissen oder gar ein Zahn verloren ging, wenn man sie davor vom Papier löste. Deshalb musste man sie nass machen, um den Kleber aufzuweichen. Aber auch nicht zu nass, da sie sonst mit der bedruckten Seite nach unten festklebten, wo man sie zum Trocknen abgelegt hatte. Aus den Briefmarken an sich machte sich Otto nicht viel, aber das Hantieren mit ihnen ging ihm gut von der Hand. Wichtig fand er, dass es etwas war, das er mit Opa teilte. Mit seinem Bruder zwar auch, aber der konnte die von Briefumschlägen ausgeschnittenen Marken auch in Schuhkartons horten, wo sie Eselsohren bekamen, was ihm, Otto, niemals einfiele.

»Du kannst ruhig näherkommen.«

Otto erstarrte. »Weiß nicht«, nuschelte er und drehte einen Fuß auf der Spitze. Lieber nicht. Von hier aus hatte er alles gut im Blick. Opa, wie er da übers Waschbecken gebeugt stand im weißen gerippten Unterhemd mit den dunklen Hosenträgern darüber, die seine Hose hielten, und die Badewanne dahinter, über der Wäsche zum Trocknen aufgehängt war. Links neben Otto, das wusste er, ohne hinzusehen, befand sich die Toilette mit dem Spülkasten, der so weit oben war, dass er nach der Verrichtung auf den Klodeckel steigen musste, um an der Kordel zu ziehen. Daneben das winzige, fast blinde Fenster, aus dem man bei Regen nicht hinausschauen konnte, ohne verräterisch nasse Ohren zu bekommen. Rechts einen Schritt hinter ihm war die Tür, die zurück zur Diele führte, und die einen Spalt offen stand.

»Kannst du so gut sehen?«

Otto nickte heftig und Opa wandte sich wieder seinem Spiegelbild zu.

Viel schöner noch als der gemeinsame Umgang mit den Briefmarken war, wenn Opa mit ihm »Vier gewinnt« spielte. Er ließ ihn nie gewinnen. Wenn er gewann, dann war es ein richtiger Sieg. Ein echter, erkämpfter Sieg. Weil er es geschafft hatte, dass Opa eine Zwickmühle übersehen hatte. So fühlte er sich ernst genommen und es war in Ordnung, nur selten zu gewinnen.

»Anna, wo bist du denn?«, rief es vom Flur in Ottos Gedanken hinein.

Opa hörte nicht mehr alles und das war gut so. Otto war auf der Suche nach Opa durch die offene Badezimmertür geschlichen und hatte sie hinter sich wieder angelehnt.

»Guten Morgen, Opa!« Er freute sich, ihn zu sehen, und ihm war gleich aufgefallen, dass Opa irgendwie stachelig im Gesicht aussah. Das kannte er so nicht, normalerweise war es immer glatt. Opa hatte ihm alles erklärt und Otto hatte vom Einseifen an alles beobachtet. Jetzt wusste er auch, warum Papa einen Schnäuzer trug und Opa nicht.

»Hier bist du also!«, rief Oma und packte Otto bei der Hand.

»Aua!«

»Schämst du dich denn gar nicht?«, schimpfte Oma. »In deinem Alter! Ein erwachsener Mann und ein kleines Mädchen gehören nicht alleine in ein Zimmer.«

Opa sah sie gar nicht gram an. »Lass das Kind doch«, amüsierte er sich, »ich hab mich doch nur rasiert.«

Fassungslos sah jetzt auch Oma zu, wie er mit den Händen Wasser aus dem Becken schöpfte, es sich ins Gesicht schlug und sich dann sorgfältig mit einem Handtuch abtupfte. »Und außerdem bin ich schon fertig.« Er lächelte.

»So. Bitte«, wandte Oma sich zu Otto, »Anna, wir gehen.« Sprachs und zog ihn mit sich aus dem Zimmer.

Otto sah diese Szene vor sich, als sei es erst gestern gewesen. Dabei war es schon über ein Vierteljahrhundert her. Er wusste nicht, wie viel er dazuerfunden hatte und wie die Szene damals wirklich abgelaufen war. Doch im Kern, Opa rasierte, Klein-Otto beobachtete, Oma erwischte und zerrte ihn hinaus, da mochte es wohl so gewesen sein.

Ab dem Tag war ihm auch klar gewesen, warum Oma es nicht gefiel, wenn Otto mit Opa alleine im Büro saß und so herrliche Geschichten erzählte. Dieses Büro war über und über vollgestopft mit Papier, mit Büchern, Akten und allerlei anderem. Otto konnte dieses Papier riechen, wenn er sich erinnerte. Und Opa. Wie er nach Seife roch und nicht so modern wie Papa, der Aftershave benutzte.

Oma konnte einfach nicht begreifen, dass in diesem Matrosenkleidchen ein Otto steckte. Schon in diesem kleinen Körper gesteckt hatte, als die Eltern das Kind »Anna« taufen ließen. Opa hatte sehen können, was das Kleid mit Popeye zu tun hatte und warum Otto so gerne Spinat aß.

Zumindest mochte Otto daran glauben, dass dem so gewesen war. Noch etwas mehr, das ihn mit Opa verband.

Die Hand ausgerutscht

Gerade hatte sie sich wieder auf ihre Arbeit am Computer konzentrieren können, da schellte es. Schon wieder eine Unterbrechung! Mit einem Seufzer stand sie auf.

Er stand noch in der geöffneten Tür. »Mama! Schau mal, was ich gefunden habe!« Er hielt eine kleine Tüte mit einem neongelben Würmchen aus Kunststoff in die Höhe.

Sie nahm es in die Hand und befühlte die Plastiktüte. »Wo hast du das denn gefunden?« Abwechselnd blickte sie auf das Tütchen und ihren Sohn. Es war ganz trocken und sauber. So etwas lag nicht einfach irgendwo herum.

»Da drüben. Das lag in der Gosse.«

»Lüg mich nicht an!« Sie ballte die Faust und das Würmchen verschwand darin.

»Doch, wirklich.«

»Du hältst mich wohl für dumm?«

Er ließ die Schultern hängen und sah schuldbewusst zu Boden.

»Wo hast du das her?«

»Aus einem YPS-Heft.« Seine Stimme war leise und undeutlich.

»Aus was für einem Heft? Wie bist du denn daran gekommen?« Er hatte es doch nicht etwa einfach gestohlen? Nein, das konnte nicht sein. Ihr

Sohn war ein guter Junge. Der stahl nicht. »Komm rein und mach die Tür zu.«

Er gehorchte.

Sie öffnete die rechte Hand. Die Plastiktüte war nass von ihrem Schweiß. Sie nahm das Ding in die Linke, trocknete es an ihrer Bluse und wischte sich die Rechte an ihrem Oberschenkel ab.

»Also jetzt erzähl mal. Wie bist du an das Heft gekommen? Woher hattest du das Geld?« Es gab sicher eine harmlose Erklärung.

»Ich war im Schreibwarenladen und da war das neue YPS-Heft und das Gimmick hat mir total toll gefallen, das kleine Würmchen.«

Ja natürlich. Dafür wird das Zeug hergestellt, damit es kleinen Kindern gefällt. Die quengeln dann die Eltern an, bis es schließlich gekauft wird.

»Es war aber viel zu teuer. Ich hatte nicht genug Taschengeld, um das zu bezahlen.«

Was mochte so ein Heft kosten? Mehr als zwei Euro bestimmt nicht. Vielleicht gab sie dem Jungen zu wenig Taschengeld.

»Und da ist auf einmal aus einem Heft das Würmchen rausgefallen.«

Log er etwa schon wieder?

»Ich hab geguckt und da war keiner.«

Was hatte er angestellt? Sie hielt die Luft an.

»Dann hab ich das in die Tasche gesteckt.«

Nein. Sag nicht, dass du es gestohlen hast!

»Das hat keiner gemerkt.«

Gemerkt? Diebstahl ist Diebstahl. Und mein Sohn ist kein Dieb!

»Ist das schlimm?« Er schaute sie mit großen Augen an.

Ob das schlimm war?

Sie war eine gute Mutter und hatte einen guten Jungen verdient. Ihr Sohn war missratener Abschaum! »Du verdammter Dieb!«

Er duckte sich bereits, als sie die Hand hob.

Sie schlug zu. Sie traf ihn an der Schulter. Am Kopf. Am Rücken. Wieder und wieder.

Er wimmerte.

Ihre Hand schmerzte. Was tat sie da? Sie schlug ihr eigenes Kind! Sie hielt inne.

Er kauerte vor ihr. Schluchzte.

Was hatte sie nur angerichtet? Das hatte sie nicht gewollt. Am liebsten würde sie ihn in den Arm nehmen und trösten.

VOM RADFAHREN

Ich weiß es noch wie gestern und ich wünschte, das Rad wäre rot gewesen. Ich hob den hinteren Reifen, drehte das Pedal wie eine Kurbel und sah dabei zu, wie sich der Sonnenschein in den blitzblanken Felgen widerspiegelte. Das Klackern der bunten Plastikperlen, die die Speichen zierten, klingt heute noch nach schwarzem Gummi. Emsig putzt der flauschige Wurm die Nabe, noch ist sein Gelb unberührt. Ich halte das Pedal an: Achtung, Vollbremsung! Sofort steht es still, die Rücktrittbremse funktioniert einwandfrei. Sicher ist sicher.

Der Drahtesel kann also fahren – ich nicht. Und nun?

Mutter will helfen.

»Nein, ich kann alleine.«

Sie weiß es besser, wartet ab und sieht mich fallen. Einmal, zweimal ... bis ich begraben vom schweren Metall einsehen muss, dass es so nicht geht. Das äußert sich allerdings in wütendem Geplärr, natürlich ist sie schuld. Wie konnte sie mich nur so im Stich lassen! Befreit von der Last gebe ich nicht auf, wage einen neuen Versuch. Meine Mutter hält das Ungetüm fest, hilft mir, aufzusteigen. Sieh an, ich falle nicht um. Sitzen kann ich darauf, meine Beine sind nicht lang genug, können das Pedal da unten kaum tasten. Warum ist das so weit unten?

Ich will aber jetzt fahren, menno. Ohrenbetäubendes ›Klingelingeling-ling-ling-ling!‹, bis sie mich böse ansieht. Gehts jetzt endlich los? Sicher fasst sie das Rad an Lenker und Sattel, schiebt mich an. Hui, das ist aber schnell! Ich spüre den Luftzug im Gesicht, der Asphalt saust unter dem Reifen vorbei.

»Hampel nicht so rum, setz dich ordentlich hin«, weist sie mich an.

Na wie soll ich mich denn hinsetzen? Wo die Füße lassen? Und außerdem, das Fahrrad hampelt ja auch rum. Guck mal, die Pedale drehen sich einfach. Dürfen die das? Nun ja, ich bin nur äußerlich blond und weiß, dass ich sie irgendwie erwischen muss, ohne mir die Haxen zu brechen. Eigentlich müsste ich die Pedale treten, damit das Rad sich dreht, das habe ich vorhin rausgefunden. Aber das bewegt sich so schnell, nicht einfach, das.

Einige Runden später will ich es alleine versuchen. Stützräder sind was für Babys, so was brauch ich nicht an meinem Symbol der Freiheit durch Mobilität. Wie man Geschwindigkeit gewinnt, habe ich schon ermittelt, auch das Bremsen geübt. Mutter bleibt nichts anderes übrig, als im Schweinsgalopp neben mir herzuwetzen, der Atemnot nahe. Bis sie es endlich fertigbringt, mich loszulassen, und mich nach wenigen schlingernden Metern stürzen sehen muss. Ohnmächtig. Sie kann nichts dagegen tun, dass ich wieder und wieder die Straße küsse, weil ich das Gleichgewicht verliere.

Wir sind am Ende mit unserem Latein, die Nerven zum Zerreißen gespannt. Hilfe muss her, ein Mann wird gefragt. Nein, nicht mein kleiner Bruder. Mein Vater. Der? Der kann doch gar nicht Fahrrad fahren. Rudern ja, aber einen Drahtesel bezwingen sah ich ihn nie. Wie soll er es mir dann beibringen können?

Aufsteigen kann ich alleine, prima. Und jetzt das gleiche Spiel mit Papa, juhu! Pustekuchen, diesmal ist es anders. Hoch zu Ross throne ich mit stolzgeschwellter Brust, Vater dicht neben mir, ich kann ihn riechen. Er packt mich mit einer Hand im Genick, und zwar nur da.

»Au!«, brülle ich erschrocken und zornig. »Was soll das?«

Sein Griff wird nicht lockerer, im Gegenteil. »Das wirst du gleich sehen.«

Das kleinste Kippen zur einen oder anderen Seite schmerzt bis ins Mark; ich weiß, wo die Mitte ist.

»Lass mich los!«, kreische ich wie am Spieß und trete in die Pedale, will nur weg von ihm, von der Quelle meiner Pein.

Der Fahrtwind kühlt Gemüt und Angstschweiß, mit nachlassendem Schmerz reift die Erkenntnis: Ich kann es, ich kann Fahrrad fahren. Dieser Lohn wiegt alle Qualen auf, ich halte das Gleichgewicht, wende sicher und radle mit einem lachenden Gesicht zu ihm zurück.

MEIN PAPA, DER MÖRDER

»Max!«, gellte meine Kinderstimme durch das Haus, »Maxi!«

Das Körbchen stand nicht an seinem gewohnten Platz. Die Leine lag nicht wie üblich auf dem Nähmaschinentisch in der Diele. In der Küche war kein Napf. Hier stimmte doch etwas nicht!

Ich rief noch einmal: »Maxim?!«

Kein Hund zu sehen, das vertraute Kratzen seiner Krallen auf dem Fliesenboden nicht zu hören. Nur sein Geruch hing in der Luft.

Ich griff zum Telefon. »Mama, wo ist der Maxi?«, wollte ich wissen. Es konnte doch nicht sein, dass ich aus der Schule kam und der Hund nicht da war.

»Darüber haben wir doch gestern gesprochen, Schatz«, setzte sie vorsichtig an.

Hatten wir nicht. Ich konnte mich nur daran erinnern, dass der »Dackel«, wie mein Vater ihn nannte – obwohl gar kein Dackel, sondern ein Foxterrier-Mischling – krank war. Und zwar hatte er eine sogenannte Dackellähmung. So weit hatte ich das Gespräch meiner Eltern verstanden. Für einen sogenannten Dackel konnte eine sogenannte Dackellähmung doch nicht so schlimm sein.

Ganz deutlich ist mir in Erinnerung, wie mein Vater sagte: »Ich kann das nicht mehr mit ansehen.«

Er konnte auch kein Blut sehen, deshalb ist er nicht Arzt, sondern Ingenieur geworden.

»Wir mussten den Maxi ...« Sie räusperte sich und unterdrückte ein Schluchzen. »Wir mussten den Maxi einschläfern lassen«, erklärt sie leise. »Der Hund ist tot.«

»Nein!«, schrie ich auf.

Ich hörte sie in ein Taschentuch schnäuzen.

»Aber warum?«, jammerte ich. Ich verstand es einfach nicht.

Als meine Mutter keine Worte mehr hatte, legten wir auf. Ich konnte ohnehin nicht mehr zuhören.

Egal, was sie jetzt sagte, nichts konnte aufwiegen, dass mein bester Freund gestorben war. Mein geliebter Hund, mit dem ich so viel Zeit verbracht hatte. Mit dem ich bei Wind und Wetter draußen gewesen war. Der mir stets so geduldig zugehört und für alles Verständnis gehabt hatte.

Ohne Max war ich allein.

Ich rannte in mein Zimmer und knallte die Tür zu. Ich stürzte in tiefe, verzweifelte Trauer.

Wieso musste all das hinter meinem Rücken passieren?

Warum war ich so übergangen worden?

Ich war doch kein kleines Kind mehr, ich war dreizehn Jahre alt und somit fast erwachsen. Da hätte man mit mir reden können, so eine Entscheidung mit mir gemeinsam treffen.

Und vor allem: Ich hatte mich nicht verabschiedet. Das war nie mehr gut zu machen.

Als mein Vater nach Hause kam, beobachtete ich ihn genau. Er verzog keine Miene, sah nicht traurig aus, weinte nicht. In mir tobte der Schmerz. Irgendjemand musste schuld sein an meinem wütenden Elend.

Also warf ich ihm an den Kopf: »Du Mörder!«

»Bitte was?!« Er sah mich entgeistert an.

»Du hast Maxi umgebracht«, schluchzte ich.

»Du hast doch nicht mehr alle Tassen im Schrank«, war das Einzige, was ihm dazu einfiel.

Das war der Anfang vom Ende unserer Vater-Kind-Beziehung.

ZEHNFINGERSCHREIBEN

Das war etwas, wofür ich meine Mutter immer bewundert hatte. Wie konnte sie ihre Finger so schnell bewegen?

Als ob sie von selbst wüssten, was sie zu tun hätten, fügten sie, Buchstabe für Buchstabe, Wörter aneinander und setzten so, Wort für Wort, Sätze zusammen. Aus mehreren Sätzen entstanden Absätze, an deren Ende huschte der Cursor zielstrebig nach unten, um sein Werk fortzusetzen.

Wie gebannt sah ich meiner Mutter zu und verfolgte dieses Schauspiel. Sie sah nur auf den Bildschirm, manchmal auf ihr Manuskript, aber nicht auf ihre Finger, die allein arbeiteten. Ich dagegen sah hin und sie sausten über Tasten, viel zu kurz. Nur drei Absätze, dann war der Brief fertig.

Manchmal hielt sie inne und fragte mich, ob ich die Hieroglyphen entziffern könne, die mein Vater auf das Blatt gekritzelt habe. Meist war ich ratloser als sie, da ich nicht so viel Übung darin hatte.

Einmal aber, da ertappte ich die beiden beim Diktat. Vater diktierte, Mutter schrieb. Als wolle er sie in sadistischer Absicht quälen, korrigierte er sich nach ein paar Sätzen und es begann wieder von vorn. Sie musste vorlesen und er formulierte neu, wieder schrieb sie. Sie ärgerte sich und fluchte, ob er sich das nicht vorher hätte überlegen können.

TSCHÜSS.

Er baut ein Haus für mich. Stein auf Stein. Er hat mich lieb. Ich weiß es. Ich bin sein Kind. Es ist schwer, denn er ist sehr kalt.

Und doch liebt er mich, stumm. Ich bin brav und still, les ein Buch. So mag er mich. Nicht laut. Laut ist bös. Lärm stört, schmerzt. Spiel ist laut und Spaß ist laut. Er hat viel Stress und braucht Ruh, viel Ruh. Ruh vor dem Kind, vor mir.

Nein, krank ist er nicht. Nur ein Mann, der den Kopf nicht aus kriegt und das Herz nicht an. Er weiß nicht, wie es geht, das Kind mal in den Arm, mal ein Kuss, die Hand ans Haar, nur ein Wort.

Er steht hier im Raum, scheint nah und ist doch fern. In sich drin. Tief drin und weit weg. So hört er nichts und sieht auch nichts. Nur sich und sein Haus. Es wächst. Für mich. Doch was soll ich da? Dort bin ich fremd.

Er sagt nichts und fragt nicht und ich auch nicht. Nicht mehr.

Jetzt ist er tot. Krebs. Es ging sehr schnell. Ich wein gar nicht. Doof. Es ist still. So still.

Sein Haus steht da und es ist leer. So leer wie ich und so tot wie er.

Heut les ich nicht mehr, ich schreib. Das wird laut und macht Spaß. Glaub ich.

GESCHAFFT!

Das ist es also, mein erstes Buch. Ich habe es geschafft, ein Buch zu schreiben. Tschakka! Ich darf mir auf die Schulter klopfen und ich soll es auch mal tun, höre ich gerade im Hintergrund.

Es ist zwar kein Roman, aber es ist ein Buch. Es ist gut genug, auch wenn es nicht perfekt ist. Das ist ein Happy End, das zugleich ein Neubeginn ist.

Diese Zeit, in der diese Geschichten entstanden sind, möchte ich hinter mir lassen. Ich weiß nicht, was mir die Zukunft bringt. Ich weiß nur, dass ich weiter schreiben werde.

Vielen Dank an dich, dafür, dass du bis hierher gelesen hast. Wenn es dir gefallen hat, lass mir doch bitte eine Rezension da!

Rezensionen helfen Leser:innen, sich für ein Buch zu entscheiden und sie helfen Autor:innen, Bücher zu verkaufen und damit Geld zu verdienen. Damit trägst du dazu bei, dass ich weitere Bücher veröffentlichen und mehr Menschen damit erreichen kann.

Wenn dich interessiert, wie mein nächstes Buch entsteht, schau doch mal auf meiner Website vorbei:
https://ingoschreibtanders.blog/

DANKE

Ich kann sie nicht leiden, all diese schleimigen Abgesänge mit den wohlausgesuchten Worten für all die ach so wichtigen Wegbegleiter.

Und nun schreibe ich selbst so was. Furchtbar.

Egal. Fühlt euch alle umärmelt. :)))

Mein Dank gilt (in chronologischer Reihenfolge):

Meiner Mutter, die mit ihrer sprachlichen Frühförderung und dem Einsenden meines Schulaufsatzes an unsere Tageszeitung den Grundstein für meine Schriftstellerkarriere legte,

meiner besten Freundin Irmhild, die mich noch zu Lebzeiten auch unveröffentlicht als Schriftsteller anerkannte,

meinem Freund Udo Eggert, den ich in meiner frühen Phase mit meinen ersten Ergüssen behelligte und der sich ihrer dankbar annahm,

meinen geduldigen und verständnisvollen Weggefährten während meiner Transition und während meiner Genesung,

meinen Testleser:innen im schreib-forum.de, insbesondere Konstanze Hunold, die bereits 2018 das zu dieser Zeit hundert Normseiten umfassende Manuskript test- und korrekturgelesen hat und mir Mut machte, das Buch zu veröffentlichen,

Wilfried Abels, der mich in eine wundervolle Welt virtueller Lesungen entführte, was mich dazu motivierte, überhaupt diese Sammlung zusammenzustellen, um auch aus einem Buch vorlesen zu können,

meinen Kolleg:innen des Autorenstammtisches unter der Leitung von Sabrina Wolv in München, die mir mit ihrem fachlichen Rat im Zuge der Veröffentlichung zur Seite standen,

allen Freund:innen und Kolleg:innen, die mich immer wieder motivieren, insbesondere meinen Chatpartner:innen und im Real Life Tom-Henrik Siems,

dem BVjA (Bundesverband junger Autoren und Autorinnen), hier Jessi M. Jones, mit der ich die Schreiblounge leite, und allen, die den Laden am Laufen halten,

der lieben Yvonne für ihr einfühlsames Lektorat, dessen Ergebnis ich beim Setzen des Buches mit schlechtem Gewissen noch einmal verändern musste,

meiner Coverdesignerin Alexa für das schicke Cover, ihre Geduld und den wertvollen Hinweis auf die Notwendigkeit eines Probedrucks,

czil für die heißen Tipps in Sachen Buchsatz,

und last but not least meiner besseren Hälfte für die angedrohten Schläge mit der Küchenrolle, ohne die ich mich nicht traue, Wettbewerbsbeiträge einzureichen und schon gar nicht, Bücher zu veröffentlichen.